· 耕莘文叢

06

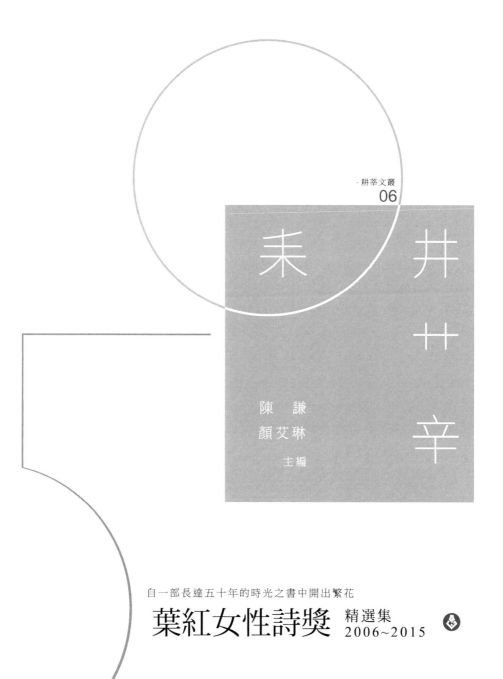

未 荊荊

辛

陳　謙

顏艾琳

主編

自一部長達五十年的時光之書中開出繁花

葉紅女性詩獎 精選集
2006~2015

編輯凡例

1. 本選輯彙編2006－2015年葉紅女性詩獎一至十屆得獎作品，收錄原則因篇幅所限，首獎及優選輯錄每屆每位得獎者二首作品，佳作則以輯錄一首詩作為度。
2. 本選輯「簡歷」部分皆由得獎人撰寫，本書收錄時並未更新，以求歷時性之真實。
3. 另本書作品自第一屆開始（2006年），亦節錄決審委員短評與意見，希冀提供讀者賞析時有所依據與參考。

【總序一】
眾神的花園

陸達誠（耕莘青年寫作會會長）

多年前，聯合報副刊前主編瘂弦先生曾戲稱副刊是「眾神的花園」，此稱殊妙，聯副的作者與讀者一致叫好。

筆者初聞此語，立刻想到「耕莘青年寫作會」，這詞拿來形容本會再恰當不過。「眾神的花園」一語如憑虛御風般攜我們回到二千五百年前的希臘，看到的是：香氣撲鼻的萬紫千紅、纍纍碩果、藍天白雲、和煦太陽。這些描寫的確突顯了副刊的特色，眾神遨遊其間，得其所哉。耕莘寫作會何嘗不是如此，眾多的神明（老師和學生）漫步遨遊其間，樂不思蜀。耕莘寫作會與聯合報副刊的規模固然不可同日而語，但確有類似之處。

1963年耕莘文教院在台北溫羅汀文化區（台灣大學附近的溫州街、羅斯福路、汀州路）落成。院內除了住著在大學授課的十多位神父外，還有英美文學圖書館、心理輔導中心、原住民語言研究中心、多媒體教室、展演用的大禮堂、不少教室、中型聖堂、以及大專學生的活動場地。它很快地成為台北年輕人最愛的文化中心之一。

四年後（1966年），耕莘創設了兩個社團：一個是深入山區窮鄉僻壤耕耘的山地服務團，另一個即是可譽為「眾神的花園」的寫作會。兩會的創辦人是美籍張志宏神父（Rev.George Donohoe, S.J., 1921-1971）。該二團體甫成立即為耕莘帶來大批青年才俊，使原本安寧、靜態的房子充滿了喧囂嘻笑之聲，一到四層樓變得年輕活

潑。隨著各種講座的開設,文學的氣氛亦變得濃厚起來。

　　為了解這個文學花園的特色,我們要稍微介紹這位創辦人。張神父創辦寫作會那年約四十五歲,在台師大英語所授課。他左眼失明,右眼弱視(看書幾乎貼鼻,他最後一次回美探親時,學了盲人點字法),聽覺味覺均欠佳。這樣一位體弱半老的人如何會有此雄心壯志,令人不可思議。

　　張神父在1971年2月寒假期間,帶了一百二十位年輕人去縱貫公路健行,因躲閃不及被一輛貨車碰撞,跌落崖谷去世。追悼大會在耕莘文教院的教堂舉行,悼念的人擠得水洩不通。筆者願意引述下面數位名作家的話來說明張神父給人留下的印象。

　　謝冰瑩女士用對話的口吻說:「張神父,您在我的心中,是世界上少有的偉大人物,您是這麼誠懇、和藹、熱情,有活力。」(《葡萄美酒香醇時:張志宏神父紀念文集》,1981,頁2)

　　朱西甯先生說:「初識張公這麼一位年逾花甲[1]的老神父,備受中國式的禮遇——那是一般西方人所短缺的一種禮賢下士的敬重,足使願為知己者死的中國士子可為之捨命的。命可以捨,尚有何不可為!我想,這十多年來,耕莘青年寫作會之令我視為己任,不計甘苦得失,盡其在我的致力奉獻,其源當自感於張公志宏神父的相知始。」(頁11)

　　張秀亞老師記得張神父如何尊師重道。她說:「為寫作班講過課的朋友都記得,課間十分鐘的休息鈴聲一響,著了中式黑綢衫的您,就會親自拿著一瓶汽水,端著一盤點心,悄悄地推開黑板旁的小門走了出來,以半眇的眼睛端詳半晌,才摸索著將瓶與盤擺在講

---

[1] 張神父去世時僅五十歲,朱西甯先生說「張公年逾花甲」,是因為寫此文時正值張神父去世十週年,冥壽六十,六十年為一甲子,故可稱「年逾花甲」。

桌上。下課後，有時講課的人已走到大門外，坐進了計程車，工作繁忙的您，卻往往滿頭汗珠的『追蹤』而至，您探首車窗，代為預付了車資，然後又將裝了鐘點費、同寫著『謝謝您』三個中文字的箋紙信封，親自遞到授課者的手中，臉上又浮起那股赧然的微笑，口中囁嚅著，似乎又在說：『對不起！』」秀亞老師加了一句：「您是外國人，但在中國住久了，也和我們一樣的『尊師重道』。」（頁95-96）

難怪王文興老師也說：「張神父未指導過我宗教方面的探求。但近年來，我始終認為，在我有限的宗教探索中，張神父是給予我莫大協助的三五位人士之一。」（頁18）

張神父去世已有四十五年，今天是他創立耕莘青年寫作會50週年的大節日。五十年來，寫作會藉著多位園丁的耕耘，這個花園的確經歷過數次盛開的季節，也綻放過不少美麗的花卉和鮮甜的果實。而這個團體一直保持某種向心力，使許多參加過的學員不忍離開，因為我們一直有愛的聯繫。是愛文學、愛真理，穿透在我們中間的無形、無私、永恆的愛。

為慶祝耕莘寫作會創立五十週年，我們聯絡到從第一屆開始的學員，他們中有些是已成名的作家，有些與本會有深厚感情，一起策劃了慶祝內容。

在本會任教超過三十多年的楊昌年教授指導下，我們決定出版七本書及拍攝一部紀錄片。後者由陳雪鳳負責，聚點影視製作公司拍攝；書籍由夏婉雲擔任總主編，計有：1.凌明玉編《耕莘50散文選》、2.許榮哲編《耕莘50小說選》、3.白靈、夏婉雲編《耕莘50詩選》、4.陳謙、顏艾琳編《葉紅女性詩獎精選集（2006~2015）》、5.許春風編《二十八宿星錦繡──耕莘寫作會金

慶研究班文集》、6.李儀婷、凌明玉、陳雪鳳編《你永遠都在——耕莘50紀念文集》、7.我的傳記增訂版《你是我的寶貝——陸達誠口述史》，半年過去，七書陸續成形。在編書過程中，通過e操作，把久違的候鳥一一找了回來，從他們的文章中，我們看到他們從未離開過耕莘。這次，我們的文學花園因這慶典又回到當年的熱鬧狀況，百花齊放、百家爭鳴，從他們的文章中我們讀到諸遠方候鳥對耕莘的懷念和認同。這塊沙洲是不會人滿人患的。新的神明不斷的還在光臨：我們每年舉辦的「搶救文壇新秀再作戰」（2006年開始）及「高中生文學鐵人營」（2010年始）吸收了一批又一批的新秀。他們遲早要在文壇上大顯光芒。

感謝五十年來曾在耕莘授課的作家老師，您們的努力使這個花園繁榮滋長，生生不息。張志宏神父在天之靈，一定笑顏逐開，歡樂無比。五十年來在本會費心策劃過課程和活動的秘書和幹部們，也是令我難以忘懷的。您們使寫作會一直充滿朝氣，使它成為名符其實的「青年」寫作會。

感謝《文訊》雜誌的封德屏社長，為七月份《文訊》做耕莘50的專刊，使耕莘能有發聲的平台。紀州庵還空出檔期，租借優雅場地給我們。我們永遠會記得「文訊」和「耕莘」密不可分的緣份。

為這次金慶慷慨捐助的恩人，我們也不會忘記您們。您們的付出玉成了未來作家的文學生命的資糧。眾神的花園中因您們的施肥，花卉必將永遠地盛開，不停提供國人靈魂亟需的芬多精。

「眾神的花園」五十年來所以沒有解體因為其中有愛，愛是生命力和創造力的泉源，為這愛而犧牲過的人都享受著真正的幸福，相信讀者也感染這份愛的熱力。讓我們一起發揚這愛，滿懷希望地繼續向前邁進吧！

【總序二】
文學的因緣與際會

白靈（詩人／1975年參加寫作會）

筆下二三稿紙，胸中十萬燈火

很少人會再記得，在台北的城南，紅綠燈繁忙的兩條路交叉口，曾站起一棟十幾層的大樓，十幾年後地牛翻了個身，轉瞬它又從地表消失。它曾是花園，旁邊大路更早之前是一群日式建築和蟬聲鳴叫的巷弄，現在上頭是停車場，下方是日夜車流穿梭的地下四線通道。

這棟樓的地下二樓，曾被整修為一座小劇場，演了近十年的舞台劇，間雜幾次詩的聲光，許多人的演員夢、導演夢從那裡沒來由萌發，把汗和淚都揉雜在裡頭。與劇場息息相關的是這棟樓的地上第四層，那是一間可容納百餘人的大教室，最靠近交叉路口的那方，一長條黑板，兩邊是褐色粘貼板，左邊寫著「在心靈的天空／放想像的風箏」，右邊寫著「筆下二三稿紙／胸中十萬燈火」。

這間大教室，除了暑期，通常白天人少，夜晚人多。入了黃昏，一棟白日堅實穩固的大廈轉瞬間會像一柱鏤空的大燈籠，開始向這城市散發出它的光華。更多的大廈更多的大燈籠被感染，不，被點燃了，於是或強或弱或高或低的幾百萬盞燈，這裡百簇那裏千團，整座城，在極短的時間內，就由城南這棟樓開始，像星雲般爆出無數的光芒來。

　　這棟樓曾存在過，現在不在了，像一盞、十盞、百盞、千盞曾在這裏點亮過的燈，實質的還是心靈的，現在不在了，那他們的光芒就此消失了嗎？還是去了我們現在看不見的地方，還在繼續地前進？

　　那座小劇場、那間大教室都曾是耕莘青年寫作會的一部份，現在的確都不在了，但寫作會卻要在它們消失了十三、四年後，慶祝創會五十週年。而且深深感覺：十萬燈火正在一個團體裡默默發光，即使別人看不見。

沒有人能夠完整記憶這個團體

　　與大多數的台灣文學團體最不同的是，這是1966年由美籍耶穌會士張志宏神父創立的純民間寫作團體。關於張神父如使徒般犧牲奉獻的服務精神，都記載在已經印行第五版的《葡萄美酒香醇時——張志宏神父紀念文集》中，那種「不為什麼」的服務熱誠歷經鄭聖沖神父、到現在已擔任會長逾四十載的陸達誠神父，均不曾流失。他們只談文論藝、偶而說說哲學，宗教情懷從不口傳，乃是透過身體力行、心及履即的實踐方式，無形中成了這個團體最堅定的精神支撐。

　　進入寫作會的成員一開始都不是作家，只有少數後來成為作家。大多數都在學生時代成為會裡的學員，有的機緣來了，成為幹事或輔導員，有的待了幾學期後成為總幹事或重要幹部，有的勤於筆耕，成了講師或指導老師，待得更久的乾脆留下來當秘書，不走的成了理事、常務理事、理事長。後來理事會解散，2002年寫作會隸屬基金會，老會員乃成立志工團，繼續志工到現在的不在少數。有百分之九十幾的成員始終是「純粹」的文學愛好者，卻可能是醫

生、工程師、廣告人、美工設計者、記者、出版人、畫家、護士、老師、演員、律師、警察、推廣有機食材者……，這並不妨礙他們繼續信自己原來的宗教、繼續自由貢獻心力、繼續偶然或經常當志工、繼續為某個活動或文集自掏腰包或幫忙募款，而且僅出現在團拜或紀念會上。

只因每個人對這個寫作團體都或多或少留下了一些記憶，聽了幾堂課、演了幾場戲、交了一兩個知心朋友，際會各自不同，像會裡常比喻的，這是一片自由的「文學候鳥灘」，有些晨光或夜光在灘上強烈反射，刺人眼睛，偶而看到自己泥灘上留下幾隻不成形的爪痕，不覺會心一笑，日後想起，雖是片段，也足回味良久。

沒有人能夠完整記憶這個團體五十年的點點滴滴。佇足河邊再久，有誰能看清聽清一條河的流動呢？又如何較比今昔河灘究竟多了多少隻蟹或泥鰍？何況這是一條不曾停歇、心靈互動頻繁的時間之河。雖然上中下游都曾駐足過人，其後也都消失了，後來的人憑著過去留下的片言隻字、幾張照片、幾本文集，也不可能完整記載它的晨昏或夜晚，何況是曾經陽光強烈或雷雨大作過的午後？

一切都是紀錄片起的頭

寫作會三十週年、四十週年也都辦過大型活動，但均不曾像這回這麼大規模。只因一個在法國一個在台灣的女性會員，臉書（FB）上偶然相遇，說起耕莘往事就揪了心。在台灣的那位乃揪了團去看陸神父，一年多前即大談特談如何過五十。然後臺灣兩個「熱心過頭」只偶而寫作的老會員陳雪鳳（廣告公司顧問）、楊友信（工程師／志工團團長）硬是將一部到現在經費都尚無著落的一小時紀錄片推上火線，一股腦兒就先開了鏡，動員邀請一大批多年

曾來耕莘演講的老師、會內培養的作家、歷年秘書、總幹事，調閱存檔的無數照片、影片、且分雜誌、文集，包括詩的聲光（1985-1998）、耕莘實驗劇團（1992-2002）的各種檔案，全部想辦法要塞進紀錄片裡，塞不了的就整理成口述稿、出成紀念文集。

之後規模越弄越大，還要在紀州庵辦大型特展（7月14~31日）、北中南巡迴演講、研討會、紀錄片放映會；同時要出版七本耕莘文叢，包括《耕莘50小說選》、《耕莘50散文選》、《耕莘50詩選》、《二十八宿星錦繡——耕莘寫作會金慶研究班文集》、《你永遠都在——耕莘50紀念文集》、《葉紅女性詩獎精選集（2006~2015）》、《你是我的寶貝——陸達誠神父口述史》等，本來還有第八本《耕莘文學候鳥灘》，為數百期型式不一之且分雜誌的選文，但因牽扯到一百多位老會員的同意權，只得延後。所有這一切，其實也只像天底下的任何美事，憑任何一人，都無法獨立完成，是一群文學人，不論他／她是不是作家，齊奉心力的結果。

從耕莘文集到耕莘文叢

最早出現「耕莘文叢」這四字是1988年由光啟出版社出版的短篇小說選《印象河》，及1989年的散文選《等在季節裡的容顏》，依序編號為文叢一及二。但1991年的《耕莘詩選》以寫作會名義出版，並未編為文叢三。三本選集的主編均由會長陸達誠神父掛名。再一次出現則是2005年出版的「耕莘文學叢刊」：《台灣之顏》、及《那一年流蘇開得正美》，分別標為文學叢刊一及二，前者為耕莘四十週年紀念而刊行，後者大半收入楊昌年老師所開創作研究班之學員優秀作品，另三分之一為葉紅的紀念追思文集。

在上述這些文叢刊行之前則曾出版過七集的「耕莘文集」，陸

神父在上述兩本文叢的序文中即提及1981年8月由當時寫作會總幹事洪友崙策劃創刊的《志宏文集》，第二期起改稱《耕莘文集》（1982年2月），前後共出版了七期。每期收有詩、散文、小說、評論、人物專訪等會員作品。值得注意的是，所有文集的收支帳目均會擇時公佈，比如第四期的末頁即公佈了一至四期的收入（分別是36,730／15,500／28,010／30,210元）及支出表（分別是36,515／21,998／37,801／28,624元），收入主項為捐款及義賣，四期大致收支平衡。此期並公佈了第四期的「捐款金榜」，有二十六位會員共捐了30,210元。由此可以想見一個寫作團體自主運作之不易（台灣迄今仍不准以人名如「耕莘」申請立案為文學團體，因此無法自行申請公部門任何經費）、及會員長期支撐這個團體的力量是何等強大。

這些文集主要是會員、會友、與授課老師之間的交流刊物，其性質一如1980年開始的寫作會刊物《旦兮》雜誌，雖然《旦兮》先後出現過週刊、月刊、雙月刊、季刊等不同階段，報紙型、雜誌型等迥異的面貌，前前後後、大大小小出刊了二百多期。《耕莘文集》與《旦兮》出版時也寄送圖書館、作家、出版社，但畢竟不是上架正式發行有販賣行為的刊物，一直要等到「耕莘文叢」之名出現為止。

1988年小說選《印象河》收有十一位會員及張大春、東年兩位授課作家的十八篇作品，會員作品均經此兩位作家的審核方得入選。《印象河》作者群在此次2016年出版的《耕莘50小說選》（許榮哲主編）中仍重複入選的則僅有羅位育、莊華堂等二位，其餘新加入的林黛嫚、王幼華、凌明玉、楊麗玲、姜天陸、徐正雄、許榮哲、李儀婷、鄭順聰、許正平等是九〇年代前後至新舊世紀交接時期崛起的作者，而黃崇凱、朱宥勳、Killer、神小風、林佑軒、李奕

樵、徐嘉澤等則是近十年優異、活力十足的文壇新星。

1989年散文選《等在季節裡的容顏》收有三十八位會員的四十八篇作品，作品均經簡媜、陳幸蕙兩位授課作家的審核方得入選。其作者群在此次出版的《耕莘50散文選》（凌明玉主編）仍重複入選的僅有喻麗清、翁嘉銘、周玉山、羅位育、白靈、夏婉雲、陸達誠等七位，代換率極大。新加入則往前推可至1966至1970年前後幾期的寫作班成員蔣勳、夏祖麗、傅佩榮、沈清松、高大鵬，至1980年的楊樹清、1990年後的林群盛、陳謙，之後就是前面提過的小說作者群，再就是新世紀才新起的一大批作者群，如許亞歷、陳栢青、王姵旋、李翎瑋……等。

1991年《耕莘詩選》收有四十八位會員的七十四篇作品，其作者群在此次2016年出版的《耕莘50詩選》（白靈、夏婉雲主編）仍重複入選的有羅任玲、方群、白家華、林群盛、洪秀貞、白靈、夏婉雲等七位。新加入則往前推可至喻麗清、高大鵬、靈歌、方明，八〇年代出現的許常德、莊華堂、葉子鳥、陳雪鳳，九〇年代後的方文山、陳謙、顧蕙倩、葉紅、邵霖、楊宗翰等，其餘就是新世紀才新起的一批作者群，如許春風、王姿雯、游淑如、洪崇德、朱天……等。而三十一位詩人中女性高達十七位，超過半數，為迄今任何兩性並陳的詩選集所僅見，也預見了女性寫詩人日漸增長的趨勢已非常明朗，這不過是第一道強光。

1988年由莊華堂策劃「小說創作研究班」（成員有邱妙津、姜天陸、楊麗玲等）開始運作，「研究」二字正式與創作掛勾。加上其後陳銘磻老師策劃十期的「編採研究班」（後三期改稱「研習班」）、寫作會主導至少七期的「文藝創作研究班」、及「散文創作研究班」、「歌詞創作研究班」等，「研究班」儼然成了耕莘培

育作家的搖籃。楊昌年老師自1994年起即指定優秀研究班學員參與「作家班」，此後他開設了各種不同文類的創作研究班，以迄2011年為止，可謂勞苦功高。此回耕莘文叢重要的結集之一是《二十八宿星錦繡──耕莘寫作會金慶研究班文集》（許春風主編），此集收有楊昌年老師歷年所開各項文學研究班中，特別優秀的二十八位會員的作品，也是楊老師多年在耕莘辛苦耕耘的一個總呈現。其實早在1995年4月寫作會會訊《且兮》雜誌新三卷三期就做過一個專題「文壇新銳十八」，為「十八青年創作之跡也，六男十二女采姿各異的彙集」（見楊老師〈「十八集」序〉一文）。在2016年的《二十八宿星錦繡》中則僅餘鍾正道、凌明玉、楊宗翰、於（俞）淑雯四位，正見出進出耕莘的文藝青年追尋文學夢的真多如過江之鯽，能堅持不懈者著實是少數。而此集中的作者群卻至少有楊麗玲、羅位育、羅任玲、林黛嫚、莊華堂、凌明玉、許春風、於淑雯、朱天、夏婉雲、蕭正儀、楊宗翰等十二位的作品被收入前述小說、新詩、散文選集中，份量極重，表現甚為突出，其餘作者雖未收入，也均極有可觀。

　　《你永遠都在──耕莘50紀念文集》（李儀婷、凌明玉、陳雪鳳主編）是此回五十週年的重頭戲，共分六輯，前兩輯收入紀錄片口述稿的原因是因在影片中受時間所限，每人只能扼要選剪幾句話而無法暢所欲言，故當初拍攝的聚點影視公司，先找人做成逐字稿，約十四萬多字，經許春風、黃惠真、黃九思等老會員多次一刪再刪，現在則不足六萬字。包括王文興、瘂弦、司馬中原、蔣勳（第一期寫作班成員）、吳念真、馬叔禮（八〇年代擔任主任導師約七年）、簡媜、陳銘磻（九〇年代擔任指導老師、主任導師約十餘年）、方文山（1998年參加歌詞創作班）、許常德（1983年參加

詩組）……等作家口述稿，以及陸神父、郭芳贄、黃英雄、許榮哲、楊友信、莊華堂、陳謙、凌明玉、陳雪鳳、朱宥勳、歷任總幹事……等互動頻繁之寫作會重要成員的口述稿，唯實因人數太多，不得不消減，最後共輯錄了十九位。其餘有早期成員如夏祖麗、趙可式、朱廣平、傅佩榮……等的回憶，和中生代、新世代作家均各為一輯，白日凌明玉帶領多年的婦女寫作班成員也另作一輯，再加上多年精彩的各式活動照片、寫作會五十年大事記、近六年文學獎得獎作品紀錄等，真的是琳瑯滿目，詳細地記載了耕莘過去的點滴和輝光。即使如此，它也無以呈現寫作會五十年真實的全貌。

最後兩冊文叢是《葉紅女性詩獎精選集（2006~2015）》（陳謙、顏艾琳主編）和《你是我的寶貝——陸達誠神父口述史》（Killer編撰），前者是自2006年迄2015年舉辦了十年的「葉紅女性詩獎」得獎作品的精選，其形式和內涵所呈現女性詩特質，絕對迥異於男性詩人，足供世界另一半人口重予審視和反省。後者是寫作會大家長陸達誠神父口述史的增補修訂版，原書名《誤闖台灣藝文海域的神父》（2009），此回以「你是我的寶貝」重新命名，此與世俗情愛或父母子女親情無涉，而是更精神意義、完全無我、出於近乎宗教情懷的一種人對人的關照和親近，這正是自當年創辦人張志宏神父所承繼下來的一種情操和付出。

結語

近十年，耕莘的青年寫作者人數激增，光這六年，獲得全台各大文學獎的作品超過一百六十件（可參看《你永遠都在——耕莘50紀念文集》的附錄〈近六年（2010-2015）文學獎得獎紀錄〉），七年級八年級許多重要作者都曾涉足耕莘。這是小說家許榮哲、李

儀婷伉儷與時俱進、經營網路、月月批鬥會、透過寒假十一屆「搶救文壇新秀再作戰文藝營」及暑期六屆「高中生文學鐵人營」的辛勤引領，耕莘文教基金會在背後默默支持，乃能培養出無數戰鬥力十足的新人，積累出驚人的輝煌戰果。而榮哲說：「沒有耕莘，如夢一場」，他說的，絕不只他一人，而是一大票人。然而寫作會所以能走上五十載文學之火的傳承之路，卻是從一位一眼近瞎一眼弱視的耶穌會士偶然的文學之夢開始的。

常常穿梭百花園中的人，心中也會自開一朵花，坐在千萬盞燈火裡獲得溫暖的人，心底理應也自燃了一盞燈，「人不耕莘枉少年」（楊宗翰），指的就是一群浸染了一些文學氣息、走出耕莘後，自開了一朵花、自點了一盞燈之人，不論他／她寫作或不寫作。

【主編序】
華文詩壇的一束繁花

顏艾琳

　　猶記得2006年在編輯檯上忙得焦頭爛額，還得在大學教書、參與公共藝術創作、駐地臺東創作，卻因為白靈老師的看重，一句話「為女詩人作一件史無前例的事」，還有因感念一位詩姐的殉美，便答應擔任「葉紅女性詩獎」的籌備委員。

　　這個獎是為延攬女詩人葉紅的創作精神，跟其家人為紀念她而提供資金設立的。葉紅天生麗質、柳眉小嘴大眼睛、童年學過舞蹈，先生又對她極好，原本像一隻豢養在華美庭院裡的孔雀，而她因為到耕莘文教院擔任祕書長，領受了謬思的垂愛，激發她對詩學、藝術的潛能，寫詩、畫畫、辦活動……她那優雅溫柔的氣場，讓我幾次到耕莘授課、演講，總能感受到葉紅的風采。而她離去人世的身影，不該是雲煙一般地消散，她那常予友人的溫暖、對於創作後輩的提攜，便成了葉紅女性詩獎的成立精神。

　　我參考英國創立的橘子獎（Orange Prize），只供全球用英文創作小說的女性投件，而本詩獎則改為只向全球用繁簡體華文的女性徵件。我提出以全球華文書寫的女性為優先資格，打破原本設計為兩岸女性詩歌獎的框架，為的是提供男女比例懸殊的詩文創作，一個更能凸顯優秀女詩人的舞臺，且讓女性婉轉驅逐的心聲、細膩的觀察、難以解釋的脾性，同時在此凝聚、展現、選出最具風格跟意識強度的詩作，在千百的詩獎中，發出專屬女性的高音頻率，讓身

體潛在的內耳聽到的人，同感心靈的震動。

很快地十年過去了，這個獎項投稿者來自法國、美國、澳大利亞、馬來西亞、港澳、大陸、日韓……等等四面八方，不論她們寫的是親情、自身的身心狀態、愛情、感應世局的變化、日常生活表面裡潛藏的幽微心情，都在在表現了女性，詩人，生命異質的種種豐美。

每屆首獎、優等各一名，佳作六名，十年就有八十個獎項頒發給世界各地的華文女詩人。為了鼓勵更多女詩人，得過首獎者三年內不得參加，因此透過此一機制，我們看到幾位詩人為了證明自己的持續力，幾年後回頭參加競爭激烈的徵獎，而第三屆的安徽女詩人徐紅、第四屆的河北石家莊胡茗茗，兩位亦受邀來臺駐地。這七十多位的女詩人，有一半可說是從此獎嶄露頭角，在華語新詩創作圈裡，被人認識、注意到。這是因為葉紅詩獎是華語詩獎唯一跨區域、唯一真正將聚光燈打在女性詩人身上、且頒發首獎十萬臺幣的獎。

欣慰的是，十年來收穫了這麼多優秀的女詩人，她們用各自敏感、細膩的心思感悟世界，為自己、為葉紅詩獎、為華文詩界，留下一束盛開的繁花。

2016年3月23日凌晨 於三重

目次

第一屆葉紅女性詩獎

第三屆葉紅女性詩獎

第四屆葉紅女性詩獎

第九屆葉紅女性詩獎

第十屆葉紅女性詩獎

第一屆葉紅女性詩獎

尋找桂冠女詩人

2006

第一屆葉紅女性詩獎特輯

財團法人耕莘文教基金會
耕莘青年寫作會

首獎　王姿雯

作者簡歷

1980年生，臺南女兒。外文系畢。
熱愛文字，譬如像虛弱、恭敬，
或是太陽這樣的字眼，
希望能成就一種聲嘶力竭的生命，
並認為追求不愧此生的快樂是道德且必須的一件事。
如果在貓界大概是近似加菲貓而非HELLO KITTY的角色。

得獎感言

　　一直到兩年前在耕莘文教院上一門關於詩創作的課之前，我不知道原來我也能寫詩。我也沒想到原來那些生命中極痛的傷或是極深沈的感觸，能轉化為如此精美的語體。文字是多麼美好，我總是在讀完一首令人感動的詩後這麼想。

　　當我寫詩，我的喜怒哀樂被釋放出來成就了那些作品，然而隱隱約約我知道，那些已成形的文字又返回來溫柔撫平我心靈上的波濤。

　　就這樣，反覆持續的探索內心，挖掘詩根，我總感覺到逐漸成熟的不只是文體，還有我自己。

　　這是我第一次得獎，對我而言真的是很大、很大的鼓勵。我要謝謝所有曾給我打氣、給我一點稱讚的朋友，我要謝謝所有令我深愛，或是令我痛苦的人，你們豐富了我的人生，並催生了我的詩。

　　最後，且最重要的，我要謝謝我的母親，在一段漫長的時間裡她並沒有得到一種詩般的生活，然而她將我扶養長大，是她，我才有機會寫詩並得到這個獎。
　　獻給妳，我的母親，我生命中所見最美麗的女性

寶貝

寶貝，我想和你說
那些淚水
不是為了讓世界
模糊成一首詩

哭泣是行將枯萎的百合
顫抖身軀祈雨的方式

寶貝，你來聽聽
黑暗中我的心跳
比誰都有力
如墓地旁長出的青草
被死亡所挑中
卻選擇了生

寶貝，你老是看不見
我所書寫的那道幽微
並非暮色而是
破曉之光

柬普賽 1975－1979

他們乘坐理想的坦克弭平了城市
紅色的領巾一圍
整個國家　就被束得
骨瘦如材

他們說知識與歷史
必須用泥土與汗水　淨化
於是整個田野上
都是乾乾淨淨
褪去血肉的骷髏

他們或許是過於篤信
天堂的可能性
所以紅著眼錘造
一個不像人間的人間

如今他們都睡著了
我們才終於敢輕呼他們的真名：
晚安，惡魔。

We Happy Few

那些可愛的戰場裡我們長大
我們因此年紀輕輕神情卻像
一群老兵
除了傷口我們常常忘記還有什麼
可以拿來把玩可以與眾不同？
可不可以就用憂鬱來遊戲
如果他們是詩是曲是這世界
要的開心

評語

　　作者用「心」來寫詩，跳脫了文字雕琢的，而對人間的暴虐與
受苦，自有一種深刻的關照，而人道的關懷也就在其中。（南方朔）

　　〈寶貝〉一詩直敘一個正面的形象，語言平實明亮，以及自然
乾淨的節奏感，襯托出一首實在的情詩。（沈花末）

　　詩的開頭就是坦克，就是兵燹，就是被彌平的城市，只動用了四句，一個被束得骨瘦如材的國家，立刻躍入眼簾。

　　這是時間加速，明快切入意象及寫實功力，批判力的總和這首詩不需要浪費隱喻，因為切入鏡頭猶如紀錄報導般的毫不留情。

（馮青）

優等　林佳儀

作者簡歷

　　1981年生。高中時發現詩的美妙，大學時一頭栽入詩的奇幻樂園，歷任臺師大噴泉詩社創作組長、社長、顧問等職，現為高中教師。曾於民國95年獲優秀青年詩人獎。

得獎感言

　　得獎近乎意外，因此我充滿感謝。

　　對於詩，我的喜愛近於情人般放肆的親暱，只在寫作時收拾起那無可救藥的迷戀，卻又陷入深深的耽溺無法自拔，如此反覆數年時至今日已然病入膏肓。詩的帶原者，期待世紀初最盛大的傳染病能在校園裡無止盡地蔓延開來。

　　最後仍是要謝謝評審以及耕莘文教基金會的各位，也希望將來領這獎的人裡有我的學生。

女情人們
——讀艾芙烈・葉利尼克

當我愛你是布莉姬
流動的麵糊如旅途攤開

在煎鍋上你不能選擇但

可以決定滋滋

關於彼此明天要去哪裡

翻轉地圖隨意指涉

身體背後裝有拉鍊

一拉開全是事物的反面

小孩的性別鐫刻在硬幣的背面

蕾絲抱枕的縫線以及雕花

瓷盤的銘印裡

如果你決定是寶拉

就留下我成為復活節裡

唯一失蹤的

那顆無可救藥的笨蛋

性的可能

因為有一種搖晃正要進行

所以我需要愛

並且渴望被綑綁

裝訂投遞郵寄

你是藏青色的郵戳

敲擊我緊澀的身體咚

解開我漂浮的大腦咚咚
你在上位擺盪
我在下溫柔地
仰口探求縝密的接合
並且不得不
撕裂背脊膠裝的封口
刷地一聲揪出
體內死去的慾望與
哀愁

評語

　　論兩性關係或反諷。四首詩又都總結在兩性之間「性」的相互對峙，格外有戲劇性張力。（南方朔）

　　以詩的形式寫讀書心得……創造力自是受到限制，但本詩的文字技巧成熟，韻律清晰，意象的使用精巧，這樣明確的語言，即使未讀過葉利尼克的〈女情人們〉，也讀到本詩人終究受到命運操弄的意涵。（沈花末）

　　如你所愛所選擇如此這般的角色，你的價值頂多如被攤開的麵糊，你的命運你的旅途如焉展開，煎烤煮炸都由不得你，但被炙燒痛苦而發出油般的滋滋聲，則在所難免。（馮青）

佳作　王瑜

得獎感言

　　很榮幸得到此項殊榮，是對我剛剛起步的詩歌創作活動的一個
莫大鼓勵。雖然喜好詩歌已久，但直到大學才開始自己寫作。對詩
歌的愛好純屬對藝術、生活的熱愛的延伸。因此對我而言，無論是
詩歌、散文，或是繪畫、雕塑，都是「道通合一」的，甚至於哲
學、社會學……它們也是同詩歌相通的，是詩的一部分。

　　我覺得詩人不應當僅僅是一個詩人，我甚至覺得，「詩人」不
應當成為一種職業、身份。不應當有人僅僅做為一個詩人而存在。
倘若將一個人的身份定位于母親，或者定位於戀人、定位于學生，
這都要比定位在「詩人」好得多了。人本身是作為生活的、人文關
懷的人而存在的。同樣的，是生活在不斷地產生文學，文學本身並
不會產生出文學。

　　就女性詩歌創作者而言，我不認為我們在詩歌創作的途中有任
何同男性相比不甚公平的地方存在。同樣的，我也不太同意例如女
性比男性更為心思細密的說法。可以說，我覺得性別在創作過程中
起的作用是微乎其微的。所以，我們可以直接跳過性別，只作為一
個人來面對文字，並且在文字面前，我們的一切面具、虛榮和顧忌
都應該全部抖落，只留下自己質樸的身軀。

　　詩歌將我們感受到的一切生的脈動表現出來，但是，僅此而已。
它即不需要任何說明，也無須做任何推論。它就像柿子樹上長出來的
果子，一旦它長大成型，它就是生命的原態，沒有任何工具能將它

做任何本質上的改變，而且任何後天的改造都是做作的、醜陋的。當它們靜靜地、像春風那樣開放在我們的枝條上，成為一個個神奇的小東西時，它們從此就不屬於我們了。我們只是看看它們，看它們長大或萎縮、看它們成熟或凋落，但是，我們最好什麼也不要做，我們的枝條就繼續靜靜地順著風向擺動。我們什麼也不要做。

我有時候覺得，這就是尊重那些詩歌的最好的做法了。

那些像呼吸一樣自然天成的詩，它們統統是生命呼出的氣。它們有時是我們的手臂——明確、有力量，有時是我們的眼睛——清晰、好奇，有時是腳趾，有時是脈搏……無論它是什麼，它終歸是我們身體的一部分。我們平時都感覺不到它的存在，我們用它觸摸、舔食、觀看……它自然而然地將世界通過我們的身體展現出來，它給我們的感覺是如此得心應手，我們甚至因為它而能夠感覺到悲傷、憤怒、幸福……失望、焦慮、恐懼它好象就是我們自己。當我們終於將它們書寫下來，它們是一首首詩。

就是這樣。我今天所寫的這一切只是為了表示：我們要書寫的，是自然的詩歌。而只要是生活的，無論多麼委瑣和暗淡，都會是純潔的。只有純潔的詩歌才能回歸泥土。

給母親（2）

我想了很久
我遮罩了破碎的時刻
來回憶你的溫暖

這是困難的
你知道
我不想我　也不想我們
我就想想你

大概三月
你因為什麼而抱我
我快要睡了　就是那刻
我感覺到了──這是母親

我知道你是我的
雖然，我從不以為你
會永遠是我的

可你是母親
我是閉著眼睛的
從一開始就沒睜開過的雙眼
卻認出你來了
還不想讓你知道
我是柔軟的

我偷偷地看過你
送過你一瓶玫紅的乾花
我在被子裏哭過
還說過要拋棄你

假如
你無法溫柔地在我身邊

你也偷偷地看過我
你嘲笑我
讓我跪著
做你的奴隸

說你要拋棄我
無論如何

我是知道的
親愛的媽媽
我什麼都知道
你是柔軟的
我　也是柔軟的

2006年3月22日晚

評語

　　這是一首難得的，尤其針對母女之間，愛恨交織，不能言述的
種種而加以敘事的詩作。母女關係經常是一種言語不清的噴發狀
態。這首詩裡，幾乎很破碎又完整的呈現了這種種功能的喪失，這
種破碎的經驗，正是文學中難能可貴的一種敘事方式。（馮青）

佳作　許俐葳

作者簡歷

中國文化大學中文系文藝組四年級女生。

得獎感言

謝謝評審與耕莘團隊，詩對我來說，是這麼貴族氣的東西，能得獎我真的很意外，恕我駑鈍，那是即使用文字也無法述說的心情，也謝謝陪在我身邊，讓我能夠相信自己的人們，可惜我們的暗語還沒有決定，但我一直會在這一塊地方留下位置。

無愛辭典

我們竊竊私語著
那些關於愛的可能性

如嬰兒學步走路
模擬所有鳥獸飛翔跳躍

書寫在每一吋腳印上／走過

我們偷偷說「ㄞˇ」

世界就亮了

評語

　　作者不是在寫無愛，而是在寫愛的不能，而關鍵則在於愛的不
能溝通，終至於無愛，只能獨行。作者在寫這一系列作品時語言緊
湊，暗中帶有故事性，很容易讓人產生共鳴。（南方朔）

佳作　陳佑禎

作者簡歷

1976年生，曾獲全國學生文學獎、清大月涵文學獎。

得獎感言

在這樣的一個紀念前輩的女性詩獎獲獎，對我個人而言有很深刻的意義，提醒我要持續用各種詩的語言去試驗生命的可能、永不放棄，也在此僅向葉紅女士致上最高的敬意。

在黑暗的天空漂浮

除了烤爐之外都是濕的
出太陽時，影子們在柏油路上飄浮
小孩在回家時迷路
而衣角順著風勢與陽光照射的方向，漂浮

水滴在空中漂浮
房屋在水面上漂浮
傘在空氣中漂浮

而人類不能，他們被濕淋淋的雨具壓著
而靈魂們，被濕淋淋的肉體壓著……

隔著豆大的雨滴，我們看見他們一些微妙的表情
一則懸掛在眼珠子上的，介於微笑與苦惱之間的情緒
在視線與大腦、在謊言與意志多者之間……
一種渴望救贖的善良與虛偽
在艱難地擺盪、漂浮

大雨之下，一隻溼透的飛鳥掙脫出厚黑的雲層
以僅存的翅膀探測風向
一道閃電伸出了巨大的手

但牠再次張開了，如張開一只完好的滑翔翼
在黑暗的天空，漂浮

評語

　　飄浮？誰可以飄浮？水滴、房屋和傘都可以，但是人類不能。
為什麼？這樣的詩句有著諧趣，也有如畫面，作者認為人類不能飄
浮，沒有用大道理，或者更嚴肅的比喻，而是用雨具來顯現。……
本詩語言明暢，節奏舒緩有致，雖沒有強烈的主題表達，但有豐富
的想像力，同時也具有思考性。（沈花末）

佳作　游如伶

作者簡歷

1984年生，板橋人。國立板橋高中畢業，現於高雄生活。

得獎感言

朋友曾經談及，寫詩的人心太細膩，容易破碎，如果煉一首詩須先赤足親涉生命冷冽，那她寧可不要。

我欣賞她生命的愉快氛圍，不過，既然我是這般嚴冬體質，那就寫寫詩吧，寫詩時輕雷眩耳，目光驚蟄，指尖滴落春雨似的指紋，渲出生命中某一段彎曲。

和十七歲的自己相遇，是這幾年來埋藏最深的想望，只可惜，我們總在路上錯過。

謝謝葉紅詩獎，讓我在某場雨後遇見了她，輕觸著寫詩的初衷。

記號

一排鴿釘拴進屋簷，封死鐵窗外的天空，
數不清的皮囊在斑駁的光影裡服刑，
這城市，羽毛霏霏地喧嘩著，
無期徒刑的陰謀，一個直轄冷漠的共罪。

妳背起自己瘀青的背影，越獄狂奔，
在一座漂浮的劇院靠岸。
在闃黑的暗湧中，妳的面具浮起，
和許多陌生卻又鑄自同一孤獨模型的臉孔撞擊。

布爾喬亞的夢境是一齣密閉的藍，
珊瑚礁劇場朝人們伸出柔軟的撫慰：
來，這裡鯨唱可以枕耳，這裡藻暖適合眠深，我們離醒還很遠。
而那些苦夭或者貧凋的枯指，
只能在他們闔起的眼皮上憂傷地搔著。

劇終，妳倉皇浮出水面，隨手拾起一個面具就掩。
竟是相契的冷漠，人們剽竊彼此的表情。
眼眉的段落和唇角的句讀分毫不差地互控有罪。

妳將回程匍匐成一卷地圖，仔細記號：
離天堂最近的第一百零一階有天使棄城前致哀的回眸；
天橋下毛線帽中被哆嗦的彈簧撐起的搖晃的骷髏老臉
以及他破碗底一枚鋃鐺的月亮，是他唯一的富有。

評語

　　鐵窗內是什麼生活？是婚姻，或者是都是生活？作者對於被囚禁的心靈，以及適應不良，難以溝通的社會現象有許多描述，同時意象繁複，語言純淨，具有音樂性。（沈花末）

佳作　劉立敏

作者簡歷

　　咖啡罐子，本名劉立敏，出生於1982年的府城，目前就讀於屏東大仁科技大學製藥科技研究所碩士班。於1997年開始寫詩，作品出沒在許多文學性網站及各大報紙，以不同化身流竄。

得獎感言

　　會參加「第一屆葉紅女性詩獎」是個美麗的意外，得獎對我來說是個驚喜，謝謝評審的青睞。

　　給葉紅和曾經：

　　　　生命是一場不得不如此揮霍的顏料
　　　　有些什麼正在累積著悲傷的厚度
　　　　完美與殘缺的邊緣在那剎那間　重現
　　　　曾經是如此綿密
　　　　或者如此空茫寂靜的情感

　　　　或許也許只是或許
　　　　不該落下太多言語
　　　　畢竟最後會習慣開始遺忘

如今終於可以向妳（你）證明
那靈魂的美麗與哀愁是以何等緩慢的方式
以絕美的姿態
細細揣摩出生命　無悔

關於詩歌

詩歌，我麥杆上長出的穗子
半空中，一如當初的角度
落入誰瞳孔顏色中駐留？

我無法搬動自己——詩歌中的一塊頑石
我只能躺著，和詩歌一起組成大地

如果一首詩長到了一塊頑石的身旁
是那安靜的糾纏
自然地，以某一種親暱的姿態呈現

評語

　　這是一個節奏自然，詩裡的意涵可以具足地發展的詩作。湧入閱讀者的眼瞳中，不必強調自己執拗，這種喻詞的安排貼切而真誠。（馮青）

佳作　藍惠敏

作者簡歷

　　1981年生，臺中縣豐原市人。文藻英文系畢，曾任英文教學網站文案編輯、休閒管理顧問公司文案及活動企劃，兒童美語老師，現職英文家教老師。曾獲臺中市第一屆梅川文學新詩獎。

得獎感言

　　關於「女性」，我們有太多的已知與未知。

　　在父權社會底下，女性經常被詮釋為脆弱、敏感、情緒性的動物，今日，「女性」一詞除了圍繞在「母性」的光環底下，也多了過去社會少有的壓力（如女體商品化、女權如何被看待等），於是身體／心靈的不斷對話、堅強／脆弱等二元辯證，這兩篇詩是我身為女性在觀照現況所感同身受的側寫。不管這時代如何被定義，女性應該擁有更多詮釋與被詮釋的空間是無庸置疑的，這是翻讀葉紅詩稿所得的省思，也是身為一個女性對自我的期許。

　　感謝耕莘文教基金會提供這個機會，鼓勵女性勇於發出自己的聲音。另外，感謝郭爸告訴我這個獎，還硬生生迫我投稿；感謝文子，沒有他我的詩沒有這麼幸運的結果；感謝陪我一路在詩上漫游且苟延殘喘至今的友人，你們都是我之所以存在的理由——為了詩與詩的可能。

妳說

妳說，熱讓你無力，
天空像吊袋褲而　愛情是爛西瓜
才吃到一半就鬆塌。

妳說，墮胎沒事而生下有事
枉費我們曾把耳朵咬得那麼緊。
為了證明過度的不只是汗水，我們擦亮金框獎狀
卻擦不亮知識缺乏症候群
於是憂慮長繭，攀爬一本佛經
半贅牙半吃齋地相信，意義有椰子樹的高度。

妳說，那本日記燒了，因為體重太重而日子太輕
剩下最後空白的那幾頁，火光燒揉雙眼
只剩下網路笑話及問句：你怕不怕鬼？

我怕，卻不怕聽再多鬼故事。

那年，流星轉了八圈，你也趴在桌上胡了八局
沒有人留下，除了慨嘆
電影散場後，下一場還要買票。

評語

　　反諷性強，諷喻也用得最好。反諷之作在表達上難度最高，很容易淪為說理教條，而本作者在語氣的轉換上自然天成，已見名家風範。（南方朔）

第二屆葉紅女性詩獎

尋找桂冠女詩人

2007

第二屆葉紅女性詩獎特輯

財團法人耕莘文教基金會
耕莘青年寫作會

首獎　何亭慧

作者簡歷

　　中壢人。生於甜根子草的季節。得過一些文學獎。出過一本容易被人弄錯名字的詩集：《形狀與音樂的抽屜》。下一本詩集寫完了還沒找到出版社。

得獎感言

　　感謝愛我的上帝。希望能把詩寫好。

同學會

現在才恍然大悟
為什麼有些路人我
彷彿見過

夏日20℃的火鍋店裡
用熱絡的問候
煮滾半生不熟的情誼
提起筷子，氤氳之間

猜測彼此的名字
吐吐，吞吞

原來我已盜用他們的形象
比對周遭多年了
此刻卻弄不清一張張笑容到底越加清晰
還是越來越遠
　：那青春

一隻斑馬推門進來
好久不見快認不得你了
是啊對啊董仔，結婚了嗎？
記得我們草原上練習的大隊接力？

茵朵和她的頭套

身後是覆滿大雪的隘口
無法描述
逃犯的長相

企圖遮掩罪行
佈滿苔蘚的樹洞
顫著一對小鹿病弱的眼睛

那是父親縮水的舊毛衣
睫毛積雪
凍傷的蹄跛向知識的水源
搭在額前一副結霜的鏡片
也許
她會擦一擦

遠方遙遠得
像一根刺

註：可桑為了讓六歲的女兒茵朵受教育，逃離中共政權西藏拉薩，
　　越過喜馬拉雅山脈最後到達達朗薩拉。他用一件毛衣剪成頭
　　套，保護茵朵不受寒風與烈陽的侵襲，自己卻親自切除十個凍
　　傷的腳趾。觀Filip Mann的攝影而作。

評語

　　以生動語言描述同學會召開之際的尷尬狀態，鉤畫人際關係的
似熟還疏，襯以火鍋聚餐的「吐吐，吞吞」，表現對歲月與青春已
去的慨歎。王勃說：「萍水相逢，盡是他鄉過客。」此詩則寫即使
曾是同窗共硯，也如萍水的體悟。語言簡約而餘味無窮。（向陽）

　　「同學會」詩中對於時間的流逝下，對於過去的同班同學那種
既熟悉，其實又陌生的感覺寫的相當幽默而傳神，看完不免又對時
間的無情感到憂傷。

「茵朵和她的頭套」……詩的說話觀點呈現前後不一的現象，削弱詩原先站在「茵朵」觀點的力量。如果「罪行」指的是別人所犯下的，可能需要有較清楚的主詞，或許能減少詩的朦朧感。（江文瑜）

詩人以及細膩但又犀利的技巧為我們都可能經歷過的同學會，刻畫了最真實的感觸、感受、感懷與感慨。（尹玲）

優等　王莎莎

作者簡歷

　　曾用筆名馮碧落、餘小蠻。生於七〇年代。就職於黑龍江省大慶石化總廠。2004年開始接觸網絡，嘗試詩歌及散文隨筆、小說的創作。詩觀：詩歌是照亮生命的燈盞，就為這光芒，我將舒展。

　　作品曾陸續發表在《歲月》、《五彩石》、《燕趙詩刊》《詩歌雜誌》、《綠皮書》等文學雜誌上。2005年《二十一世紀中國文學大系2005年詩歌》、太陽鳥文學年選系列八周年版《2005中國最佳詩歌》收錄短詩《麥田的稗草》等。2006年《歲月》雜誌黑龍江詩歌專號特刊收錄《預言》等六首詩。《詩選刊》中國詩歌年代大展特別專號收錄《藍薔花》等十四首詩。作品還被《詩生活年選》、《網路新詩年選》、《2005－2006華語詩歌雙年展，華語詩人》入選。2007年創立詩歌論壇：妖魔城市。

得獎感言

　　入圍本屆葉紅女性詩獎，作為一個在詩歌中沈默的尋找快樂和安寧的大陸女性，我感到由衷的高興——更是幸福的。正如各位評委老師所言，這是對一個把生活冀望于詩意的一位女性的一次遠方的肯定！正是因為要找到那些只屬於靈魂的幸福感和安寧，在對生命的愛和迷茫中，我寫下了這些文字，對我來說，她們無一不是我無法停止下來的愛和信仰。我感謝給予我那些不成熟的作品如此厚愛的評審們，也感謝這個詩獎的主辦者，很遺憾我因事不能到達頒

獎現場，但是我想只要她曾經出現在我們這個民族的詩歌創造和精
神歷程中，她就會有著無限的魅力，並會隨著今後屆數漸多而光輝
四射。祝福我們偉大的漢語詩歌！祝福葉紅女性詩獎更加美麗！

夜讀涼水寺

——故人曾於某夜帶月光入寺，清涼如水。
　　小寺因此得名。杜撰者說。

今夜清朗，月圓，我踩著細碎的卵石
小徑無塵無痕，亦無糾纏迷醉
竹葉擦肩。
石階渡一層白霜，百會清涼，睡眠垂落

然和我一起垂落的還有空腸胃
空蕩的院落及樹枝。這安寧姿態優雅，肅穆莊嚴
故人曾身披月光，夜行、入寺。清輝處，寒涼如水
此前小寺無名。被月光洗淨後決絕今世之塵

一人一寺，尚還一月一影
時如流水而今人無覺，空寂無聲百年。如今我來

我非有大徹悟，亦塵絲未斷，只因心中常照一盞孤燈
如今我身披月光穿越時間之水，如今我踏著薄脆的月光

此寺隔絕，但寺門如鏡。空寂深處隱隱傳來
悲苦嘈雜。寺門緊閉如心門。殺戮之事並未消失
人間血肉碎在天際，銀河當空。無數閃耀的靈在各自的夜
事實上，關於這個涼水寺的夜晚和圓月，都由我杜撰而來

我只是冥想自己身披袈裟，一人一寺，空寂無聲
但也許我正穿過重重的前世來到曾經
故人在月光下不僅僅是一個影子，他亦有溫度、氣息、莊嚴。
他亦在某個時候對我彬彬有禮，點化、教誨。若非冰冷的刺痛提醒

我可作一思一夢繞行而忘卻。若非澄明我仍將此處認做幻境
但故人來後我即入此寺，於圓月夜偶然相逢
若此身即此寺，我便真懂得自由了。來去塵世的高速公路或任何之路
無一不是通向涼水寺的彎曲小徑。

評語

　　善於營造情境，通過月光、竹葉、石階、白霜鋪陳涼水寺的空寂
之美，用語看似白描，實則簡約，且有古風，因此展現古寺的樸拙；
用情含蓄，以今昔對照寫出寒山谷寺的寧靜，使時空豁然而開。其他
兩詩，也都巧用圖像，表現詩想，讓陳舊主題翻出新意。（向陽）

　　「夜讀涼水寺」為一首極佳的禪詩，文字簡約，意象統一，讀完真有「涼爽」的感覺。「故人曾于某夜帶月光入寺，清涼如水，小寺因而得名」幾句讀來很有入禪的意境，而全詩就圍繞這個意象發展。

　　第二段「此前小寺無名／時如流水而今人無覺，空寂無聲百年。如今我來」在三個「無」字後，「如今我來」特別有打破寂靜的動靜之對比。第三、四段為本詩最精彩處。尤其「一人一寺，尚還一月一影」和「若此身即此寺，我便窺見了自由」寫來特別精彩，將「身體」與「寺廟」連結，呼應了佛教將每個人都視為「佛」的境界之看法。在過去的禪詩中，多強調意念的自由，而「身體」的自由能在本詩中出現，尤為可喜，凸顯女性詩對於身體反思的特色。最後兩句「他說任何之路／無一不是通向涼水寺的彎曲小徑。」收束的極佳，有「萬法同歸」的佛教境界。（江文瑜）

　　此詩予人超越塵俗的「無塵無痕，亦無牽絆」絕幽禪意。標題「夜讀涼水寺」即以豐盈富潤：「寺」為絕塵之處，「夜」是清越之時，「水」已指清涼，加上「涼」形容詞更增其清幽，動詞「讀」比任何其他動詞如「訪」、「探」、「尋」、「回」、「返」等都要生動，震觸人心，並將詩內「時空」及詩人正化入其中的「虛無」深刻透徹沁入全詩。

　　小序及詩中許多意象的空靈令人心醉：故人帶月光入寺，身披月光入寺，清涼如水，寒涼如水，空山，無覺，空寂無聲百年，無數閃耀的靈守住顧自的夜，正化入虛無；最後意會到的是：「任何之路，無一不是通向涼水寺的彎曲小徑」之脫俗領悟，真是一幅詩、畫意境絕佳之作。（尹玲）

佳作　涂妙沂

作者簡歷

　　臺灣臺南縣人，中興大學中文系畢業，加州法界佛教大學研究所碩士班肄業。曾任職：出版社資深編輯、特約主編；民眾日報及臺灣時報的副刊、文化版、兒童版主編；加州培德中學中文教師；慈濟基金會文史編撰等，從事文化工作十餘年，目前自由寫作。曾獲2003年南瀛文學獎現代詩第一名、2006年臺北文學獎現代詩獎、高雄市文學創作獎助散文類第一名。著有：散文集《土地依然是花園》（晨星），編有：《柴山主義》。

得獎感言

　　寫詩是現實生活中的一種出逃，也是對自我的探索和整理。寫作二十年了，寫詩卻是這幾年的事，我算是高齡得獎，高齡參加文學獎是很無奈的事，對專業的寫作者而言，臺灣目前並沒有很好的寫作環境，中文出版有它文化市場的侷限，對我來說，文學獎獎金是補貼我的生活費用，這樣的寫作環境要如何吸引年輕人來投入寫作呢？我引以為憂。唯有大量翻譯臺灣作家的作品成外國語言，英文、日文、西班牙文……等。文學活動是要傾外交的力量去推動的，政府已經著力於翻譯，但是腳步還是太慢了。臺灣的作家要努力站在世界的舞臺上，除了拿出好作品，還要努力翻譯作品放送出去，甚至年輕一代的作家要學習用英文寫作，讓世界認識臺灣。

去問溪邊沈默的野薑花

那隻攀木蜥蝪好像懷孕了
把山丘裝進肚子裡
躲在石縫中懶洋洋的睡午覺

阿純的肚子也如山丘漸漸隆起
蓬頭垢面的在溪邊洗臉
清澈的水把她的滄桑滌淨了
她的臉上露出為母希望的神情
腰間掛著一雙娃娃鞋
大概是在街頭撿來的
透著粉紅色的幸福

不知道是誰的孩子
公園的遊民都說不知道
天真的阿純也不知道
啊，去問溪邊沈默的野薑花

評語

　　「去問溪邊沈默的野薑花」和「枯瘦的街角」寫社會底層人物，更是題材上較為少見的詩作。由於字數的限制，詩中的氣氛經營都是點到為止，如能發展部份描寫，更能增加詩的厚度。（江文瑜）

　　「沉默」是此詩中最令人心碎的形容詞（或動詞）。只會或只能保持「沉默」。「阿純」的「純」非常反諷的指涉社會中可憐女性命運的無奈：除了跟也將花一樣蒼白、沉默之外，還能做啥？（尹玲）

佳作　神小風

作者簡歷

　　本名許俐葳，1984年生，中國文化大學中文系文藝組出產的神經質女生，曾獲全國學生文學獎，第一屆葉紅女性詩獎，林榮三小品文獎，耕莘文學獎，文創出版獎等，熱衷於把筆電貼滿閃亮亮水鑽，自我感覺這樣寫東西會寫得比較好，擅長的事是單手打小說打新詩，而且絕對比雙手快，現為耕莘青年寫作會總幹事，另一個身分是隨時想辭職的新鮮人菜鳥編輯。

得獎感言

　　參加過第一屆再參加第二屆難免有點心虛，不過還能得獎算是我運氣好，我喜歡小說永遠多過於詩，但後來漸漸發現有許多東西是用詩才可以表達的，所以也是個不錯的東西（笑）。

　　謝謝耕莘帶給我的一切，包括一直在我身邊的榮哲＆儀婷，還有幹事會寶貝們，你們永遠都是我心中一首美好的詩，因為有你們在，我會繼續戰鬥下去的，雖然我們的暗語尚未決定，但我會一直在這裡為你們留下位置。（嘰呀波，這句話都講爛了啦，我想換梗……）

　　另外感謝欣純與耕莘的工作人員還有評審老師，真的辛苦了喔，謝謝你們！

如果世界末日

有人說／如果大雨降下彷彿世界末日
叫作諾亞的人會搭一艘方舟／帶走世上所有的純淨美好
雁子一對／老虎兩隻／羊與狼雙雙前來
牠們安靜的閉上眼睏眠
再也沒有比成雙湊對／更溫柔的事

方舟上有小小的窗／諾亞站著／靜靜的不說一句話
望向不被打擾的燈火／遠方有戰事
而他知道大雨會澆熄一切／澆熄人類／澆熄城市／澆熄愛澆熄恨
彷彿世界末日
他仍活著

如果大雨降下彷彿世界末日
很久很久以後／我們再也沒有了我們
我要造一艘船／小小的
我帶不走任何一隻飛鳥走獸／月亮星星太陽
三月的櫻花／七月的海浪／九月的楓

我的心眼太小而船太狹窄
只帶得走你
彼此交互對折／彷若一座橋似的望
望黑暗的夢境／望潮濕的水聲／望下沉的雨／響成一片黑夜

你就是我的純淨美好
我們匯成一條不眠的河
等待翻覆

如果世界末日

評語

　　以乾淨的語言寫城市〔世界〕的焦慮、狂躁和末世的疑慮，勾勒出當代社會的人心苦悶，以及作者的寄望。意象細密精準，焦距清晰。在形式上喜歡以「╱」錯落於詩行之中，稍嫌呆板。（向陽）

　　「我們」真的已經不太記得，到底是從哪一個早晨開始，突然之間，每日最平常普通的「穿著衣服」變成生活中一件挺困難的事。
　　因次，我們可以追隨最流行的顏色，也可以鍾愛我們鍾愛的顏色。（尹玲）

佳作　陳利嫻

作者簡歷

　　1964年生，中文大專畢業，天津市作協會員，出版過詩集《風在訴說》、散文集《小女人大世界》。有小說及散文分獲天津市「文化杯二等獎」。其散文集2006年曾在《中國婦女報》連載。

得獎感言

　　作為一個喜歡寂寞的寫作者，是否得獎，獎項的大小，於我而言，並不特別重要。但作為一個默默的歌者，我又是多麼希望，別人能夠聽到並且喜歡上我的歌聲。這個時候，獎項於我而言，就有如舞臺一樣重要了。我熱愛這個舞臺，並不是因為這個舞臺上的光彩，而是我有了和我的老師、長者，以及我的讀者們，一個溝通交流和學習的渠道。第一次參與這樣的評獎活動，與其說是為了得獎，不如說是希望得到肯定和嘉許。我很慶幸，自己能夠如願！這是一個公平的舞臺。但同時，我也知道，自己離一個真正的詩人和歌者，還有一段很大的距離，還需要付出更艱辛的努力。雖如此，能夠把自己喜歡的詩歌，傳達出去，並且感動受者，我就感覺很成功了，就充滿了繼續奮鬥的激情。謝謝各位評委老師，更要感謝葉紅詩獎組織者！我衷心地祝福你們！

窗外綠了

晨光在發黃的草地上奔跑
跑著跑著　草就綠了

一夜之間

許多事情都是這樣　不經意的時光
不經意地走掉　草兒肥了

草兒給了這個春天綠色的皮毛
站在柔軟的皮毛上呼吸
想像自己　變作一隻羊
在冬天來臨的時候
咀嚼一粒草籽的滋味

那只肥大的羊　此刻站在窗外
把我幻想成綠色　聲聲啼喚
用它尖利的牙　啃著一寸又一寸的時光
褪去的皮毛　帶著我身體特有的氣息

那是一種怎樣的幸福　窗外
一件春天的綠衣　把我整個人吞沒了

評語

　　窗外綠了一詩以生動的想像，表現春天的動感，以及春來萬象的新鮮。作者使用羊啃食綠草的具象，寫出春來的幸福感，頗為動人。其他兩首，語言稍嫌陳舊，平淡。（向陽）

　　作者所用的意象多與大自然較有關，有寬廣開闊的感覺。三首中，「窗外綠了」寫得尤佳，在詩句中感受到「草綠了」的快速，由「我」所變成的「羊」的意象是本詩最精彩之處。「草肥」和「羊肥」的意象，讓整首詩有豐饒的明亮感，令人感到驚喜。（江文瑜）

佳作　鄭宇萱

作者簡歷

　　1982年生，就讀元智大學中語所，沒有寫詩的天才，只有一顆擅長觀察與體會的心，拿著一隻易感的筆，但近年這隻筆常常斷水，要給自己加油。曾獲明道文藝全國學生文學獎、銘傳文藝獎、元智文學獎。

得獎感言

　　得到這個獎十分意外，因在創作這幾首詩時，並沒有特定以什麼性別意識下筆的，也許我該好好反省「身為女性」這件事吧。

　　「獎」總是在自我懷疑、自我否定時出現，是不是冥冥中有什麼力量在鼓勵我要繼續寫下去呢？無論如何，都感謝平凡的生活、感謝評審的肯定、感謝詩、感謝主。

女王

誰說女人不適領導江山
我小小的領土上
每月紅花都怒放如陽

宮殿中層層帷幕遮住豔麗的煙火
痛楚是私人品嚐之寵幸
只放出眉頭絲絲餘震
留予牆外那隻耳揣測

君王的快感
不過如此

評語

　　三首描述女性身體與情感的作品，意圖顛覆男性父權思維，其
中〈女王〉、〈病〉兩首在語言的使用上乾淨俐落，點出男性史觀
的封建保守，具有新意。（向陽）

　　在此次進入決選的作品中，這位詩人的詩作對「女性意識」的
反思極強，意象的使用亦相當特別。三首中個人認為以「病」最
佳，詩所描寫的分裂事物並不落入俗套，例如，「嫩芽分裂春與冬
／建築物割開陽光和影子／玻璃劃開聲音與溫度」，這些分裂扣合
最後一段「自從那天女人與子宮分裂／便一病不起」讀來尤令人怵
目驚心，也會產生反思。（江文瑜）

佳作　蔡瑩瑩

作者簡歷

　　北一女中畢，就讀臺灣大學中文系三年級。曾獲臺大文學獎第九屆散文組佳作、臺大文學獎第十屆散文組評審推薦獎、95年度教育部文藝創作獎學生組散文優選。

得獎感言

　　獻給：指引我的，異國靈魂。

　　如果能用眼神寫作，該有多麼美好啊……

　　當我在秋天的清晨出門，抬頭望見淡灰色的天空而瞬間停止了呼吸的那些寂靜分秒間，我會這樣想的，如果我能用眼神，在空中灑印那些深棕流金的意象和沉默涼薄的溫度，該有多麼好啊。

　　但是我知道，若是這樣，我的棕色眼睛將汩汩流洩的，會是不可抑制的輕蔑、焦慮，還有一切不可消解的孤寂意象。

　　因為深愛生活，寫作的時候我試著緊閉雙眼。

某種極微的焦慮

密雲捧著天空
車聲捧著城市

人們小心捧著小小的時代
細碎行走著
可能、極有可能
遇見陷阱　或者
轉
彎

評語

　　〈某種極微的焦慮〉用日常語言表現現代人的內心世界，以街
道所見，鋪寫人生之路的難免意外與轉折，於平常之處表現深沉意
涵。〈長信秋詞〉以王昌齡所寫宮女的內心世界為底本，翻陳出
新，刻劃女性無法書寫自我的悲哀，尤其深刻。（向陽）

　　詩人以極短的篇幅寫盡人心底最細微的「懼」。就跟密雲捧著
天空或車聲捧著城市那樣，人們永遠「小心」意義地捧著「小小的
時代」，而且更小心翼翼地「細碎行走著」；然而，又有誰能夠預
知，行走著的哪一個關鍵時刻極可能預見的陷阱或被迫轉彎甚至是
轉不了彎的「絕境」？這種焦慮是極微的，而且是永存的。簡潔、
扼要、深刻、透徹是此詩的最大優點。（尹玲）

佳作　洪碧婉

作者簡歷

　　自由文字、影像工作者。以晃晃悠悠的節奏生活，喜歡探究生命的實相。

得獎感言

　　得了獎，很開心也很感謝。汗顏自己不是個勤奮寫詩的人，但詩無疑始終是我呼吸世界的方式，任何創作的原點。要把獎獻給我的媽媽，作為一個女兒，我的分數大概不高，但我願她知道，我是愛她的。

遭活埋者

保持蜷曲如一隻蝦，再也
不掙扎，不活蹦亂跳
遍體通紅似一枚
噤聲的問號
不知生，亦不知死

緩緩吐盡的
一口氣，怎麼樣也填不滿
孔竅的虛空

評語

　　《遭活埋者》的「者」更像是社會裡許多女性，就算妳在外頭
是有頭有臉的知名人物，但在大部分人所不知的時空內，你不正是
詩內所寫的「不知生，亦不知死」的「遭活埋者」嗎？（尹玲）

　　作者的風格屬於「低調婉約式」，不用激烈的文字，淡淡清
描，風格如同他的第二首詩中的詩句「低調且溫柔的星光」。三首
中，「遭活埋者」較佳，「晚安，媽媽」次之。「遭活埋者」讀來
有如看見「活死人」的悵然，全詩以「蜷曲如一隻蝦」的隱喻比喻
「遭活埋者」，可讀成生命詩、政治詩等，留下想像空間。「晚
安，媽媽」較為白描，或許可加入意象的使用，增加詩的厚度。
（江文瑜）

第三屆葉紅女性詩獎

慾望天堂

2008
第三屆葉紅女性詩獎特輯

財團法人耕莘文教基金會
耕莘青年寫作會

首獎　徐紅

作者簡歷

　　徐紅，筆名白雪。安徽省作家協會會員、省散文家協會理事。安徽某機關工作。作品散見於《人民日報》、《光明日報》、《人民文學》、《詩刊》、《詩選刊》、《青年文摘》、《知音》、《綠風》、《星星》、《詩林》、《詩潮》、《青春》、《安徽日報》、《遼寧青年》、《安徽文學》、《當代小說》、《散文詩》等，入選國內外多種作品集和年選。多次獲獎。

得獎感言

　　這是一個重要的時刻，作為女性詩人，能獲得為紀念偉大女性所設立的全球華人女性詩歌大獎，我感到非常榮幸。我要感謝主辦方和各位評委。葉紅女性詩獎已連續辦了三屆，它的公信力和影響力有目共睹。

　　無論慾望多麼喧囂，當代詩歌依然閃射著人性的光輝。因為有生命的存在就有詩意，靈魂深處純淨而疼痛的美，它們存在，雖然肉眼無法看見，它們通過我們的母語顯現，因而更具有質感和豐富多樣性，更彌足珍貴。作為人類文明傳承者的詩人是有福的。

　　我熱愛和敬畏水。我屢屢寫到水：水是萬物之源，水的宗教，嬰兒在水裏誕生，水的呼吸，水的骨和肉。我始終相信，「水意識」是一種大境界，水是對靈魂的洗禮。在生命之水裏，女性將完成磨礪、超越、重誕和新生。

慾望天堂
——分娩誕生

水漫過了她的防線。她看不見水下，
道德長滿青苔。「不要滑倒，不要。」
聽不見她的驚呼，
掙扎著，她看不見水下，
「此處水流湍急，無薄冰可履。」
「痛是多深的牽絆。」

和幻象中的自己愈加接近，
是毀滅還是拯救，藻類和石頭親近。
在浮世，她和「女人」合二為一。
她不說飢餓，她只說火。
用罪惡和情慾來抓住稍縱即逝的美。
用一點點的輕，懺悔和燒灼，鐵石就會熔化。

她看不見水下，日子的黃金陷於沼澤。
懷孕的母獸在森林裡痛苦爬行。
貪癡妄嗔的草木豐盛，惡之果妖豔。
她看不見水下——那裡是深淵和天堂。
仁慈的上帝要讓善破繭而出，
女人順利分娩。鏡子中的女人正越過柵欄，荊棘、百合花，

去與「母親」合二為一。
她的終極黑暗將在良善和慈光裡消融。鼓脈的前胸乳汁噴湧。

她不穿鞋，不用腳走路。她豐滿的血肉之軀，
從頭到尾都還是創世紀的一根肋骨。
不用急轉彎，可以倒立。
可以丟掉面具和傷痕，重新回到溫暖的子宮
和她的「孩子」合二為一。人類的新生命在本體悸動。
出生以後她才咿呀學語，
用肋骨寫下天使的篇章。你們看不見水下：
在欲望天堂，她的美妙和哀傷像羽毛一樣飛。

彷彿水淹沒糖

沒必要拿鵝蛋去碰石頭，
但你可以去碰案板，
你去碰碗沿，你去碰運氣。
哼著迷人的歌，你拿一個鵝蛋去碰另一個鵝蛋。
不要哭，不要只流出軟弱的蛋黃。
記得加足佐料，笑臉和植物油同樣重要。
「彷彿水淹沒糖」，廚房裡黑貓拿起鍋鏟把你翻炒。

評語

得獎人的語言非常鮮活，在日常事物和意象之外，營造了一層又一層的弦外之音，讓人讀來或微笑或皺眉或輕歎，充分享受了讀詩的樂趣。第一首〈慾望天堂——分娩或誕生〉，從「女人」、「母親」、「孩子」三個層面呈現出女性的成長史，在輕盈流暢的敘述下，又蘊藏許多掙紮和疼痛，字字句句都牽動了敏感的心思。值得玩味的是，本詩表面上寫出「水上」的優雅、道德以及做為一個女人必須履踐的責任，但「水下」的世界、欲望的世界才是深不可測，如同末二句雲：「用肋骨寫下天使的篇章。你們看不見水下：／在慾望的天堂，她的美妙和哀傷像羽毛一樣飛。」可謂深刻地闡釋了女性的內在聲音。

第二首〈仿彿水淹沒糖〉，是一首迷人可愛的小詩，利用製作甜點的材料和過程，寫出了帶淚的喜感。當一個人在尋找愛情時，「你去碰碗沿，你去碰運氣」，真是個幽默的自我調侃。（洪淑苓）

〈慾望天堂〉描寫女性面對世界的情景，摸索對應，掙紮穿透層層限制，小心不要滑倒，一步步呼喚出內在的真實欲望，還人生以血肉。這首詩能提出課題，表現靈活而不制式。

〈仿彿水淹沒糖〉雖只有七行，卻如穀粒般飽實，在淡淡的哀傷中提示女人自處之道，也算是強悍而美麗。（陳義芝）

　　這首詩的閱讀會讓我們情不自禁的問，如果性功能可以從生殖功能分離出來的話，這首詩會不會發生？這首詩把女慾和母親和肋骨的歷史宿命作了很成功的銜接排演，產生一個道德情慾心理豐富的詩戲劇，在兩性的劇場天天上演。

　　〈彷彿水淹沒糖〉，讓我們看到一位廚房裡告誡自己：「沒必要拿雞蛋去碰石頭，但可以去碰案沿。」自謔自嘲又自殘的女人的定格畫面，這種畫面經常也成了歷史性的凝視和框景。（馮青）

優選　劉欣蕙

作者簡歷

> 時常奉獻出你的美吧
> 不計較也不饒舌。
> 你緘默。她為你說話：我是。
> 以千倍的意志前來，
> 終會超越過每一個。
>
> ——Rainer Maria Rilke・《卷首詩》

生於苗栗大湖，一名努力奔跑的理想主義者。

得獎感言

> 「愛，是最黑的一場黑死病，
> 但是大部分的人都活了下來。」
>
> ——Ingmar

憂鬱症

——為家庭暴力的受虐婦女而寫

夜裡，你看不見我的心臟
泡入福馬林
展示架上，供人研究
醫生從玻璃罐前走過，拿筆抄寫——
「編號：1172
　症狀：一、青草乾枯，羊群離去，失眠超過八個月。
　　　　二、夢的國度，洪水氾濫，沖走了上帝的方舟。
　　　　三、回憶的馬戲團裡，快樂被拋接來拋接去，還沒墜地。
　　　　四、以為割開手臂，可以蹦出青蛙；以為跳入大海，可以
　　　　　　演化成魚。」

你看見我的臉了——
它是一塊濕潤的麵糰，可以用巴掌重重拍打？
你看見我的手腳了——
它是一隻待宰的豬隻，可以用繩索緊緊捆綁？
你看見我的思想了——
它是一條脫隊的驢子，可以用長鞭狠狠抽打？

夜裡，你看不見我的心臟
泡入福馬林

正夢著自己是一隻企鵝，努力的遊往熱帶島嶼
醫生撕下編號1172的標籤，並且坐進會議室辯論：
「當一顆心臟停止跳動。當一顆心臟選擇停止跳動。
需要治療的是它。是我們。還是福馬林。」

夜聽蕭邦

晶亮的沙
純淨的沙
一粒一粒的，從夜的斜坡滾下來
滾進牆角
滾進床底
滾進花瓶的罅隙

越滾越多，且沙沙作響⋯⋯
一丘丘的金色沙原
深度及膝
已經不能輕易的推開門
走出去
求救

就乾脆——
靜靜埋了我吧
迫害的快感中
盜者埋了墓
國王埋了他的臣民

評語

　　沒有失眠過的人，無法理解失眠的痛苦；而那些因為受虐而失眠、失序的婦女，其身心的苦痛恐怕又加上數百倍。本詩中的女主角卻只能選擇停止心跳，身體被泡入標本瓶中，這個結局，更令人感慨萬千！〈夜聽蕭邦〉，以晶亮的沙、純淨的沙譬喻蕭邦的音樂，把抽象的音樂轉化為剔透、流動的沙，非常有質感，也形成流暢優美的旋律。（洪淑苓）

　　〈憂鬱症〉為受虐婦女申冤、控訴，作者的心思敏銳，第二節說女子的臉是一塊麵糰被巴掌重重拍打，意象準確驚人。社會是福馬林液，泡在其中的，是女性我的那顆心臟。「心臟」的「心」可與心理連結，它是否跳動又與尋死的情境關涉。
　　第二首〈夜聽蕭邦〉，元素極簡但「通感」手法所成就的象徵美，可圈可點。（陳義芝）

　　〈憂鬱症〉的副題是－為家庭暴力的受虐婦女而寫，這在相關議題上似乎很容易達致兩性普遍意識的共同期待。這首詩裡更為生動的是作為「1172編號的症狀」，包括：羊群離去，洪水氾濫以致

上帝離去——等等都可算做可能救贖的反解，恢復快樂的想像，不再依賴一個統治她的父親，文明的瓦解，但這個角色卻在最後淪為一個樣品。

〈夜聽蕭邦〉明快觸及的觸覺意象快速而俐落，讓人感受到琴鍵與無意識之間不斷流動的神祕隱喻，最後音樂沉埋，人也沉睡，卻突然以盜墓者和國王來重染故事，把一場鋼琴觸技的沉醉聆聽不止是呈現而已……。這首詩幾乎是一場無重力的演奏及陶醉！（馮青）

佳作　林禹瑄

作者簡歷

　　筆名木靁，1989年生，現就讀臺灣大學牙醫系一年級。喜歡雨天、古典樂、舊鋼琴、陌生的城市和太小的鞋子。忘了什麼時候開始喜歡詩，如同時常記不起明天的日期；會想把那些囈語寫下來，大概只因為太珍惜每個與生活擦肩而過的時刻。最近戀上人行道磚，特別是那些翻起、破碎的稜邊，總是在走過的時候，那樣輕輕地、暗喻性地劃過鞋底磨平的紋路。

得獎感言

　　得獎的感覺是那麼繁複而不真實，我想我必須用二十首詩來解釋但我不能。接到通知的時候正要從一萬多公里外的大洋東岸返家，隔了一整片海的無數浪頭，這獎似乎也被刷洗得更像一個戀家的夢境。一個多月來與詩的關係若即若離，甚至一度懷疑自己是否還有繼續前行的勇氣，但最終，還是詩給了我對於詩的解答。如果我還必須走下去，那必定是因為先前那些足跡過於深刻的緣故。

　　感謝評審，感謝每一個安靜陪伴的你們和每一盞在清晨亮起的街燈，讓我過了這麼久仍能想起那部沉默行進的電影，是怎麼在末尾燈光亮起之時，輕輕刺痛了我們泫然的眼角，然後一起讀起一首太古老的詩。

你們知道
——致薩爾瓦多的11歲，在1980

必定有些聲響是光，你們知道
當夜色成為一面
龜裂的鏡子而你們早早
厭倦了替太多的星斗數數
彈珠不必碰撞，暴雨不必
不必喧嘩，你們知道每只子彈
睡在床腳的影子的形狀

你們知道：日子總正遊擊而童年
不過是一場漫無止境的宵禁
你們喊啞了恐懼，你們奔逃
在時間的灰燼裡反覆藏身
你們焚焦的願望的骨架枯瘦彷彿
你們知道，一把步槍或者十二歲蠟燭

那麼你們會知道嗎倘若一聲槍響
輕輕擦破你們的哀傷如同
缺口的鞋裡，一枚多角的石頭
你們會否知道，午夜的所有雨點
正噠噠如一架生鏽縫紉機

竭力試圖織補你們蜷睡在扳機上的
每一個安好夢境

註：八〇年代薩國內戰期間，全國男孩年滿十二歲即被強制徵召
　　入軍。

評語

　　為戰爭國度中的少年而寫。十一歲，多麼青澀的年齡，卻註定
在槍林彈雨中渡過他們的童年、少年以及不可知的未來時光。作者
以頗為整齊的句法，營造出肅穆凝重的氣氛，有許多意象的翻轉十
分靈活、警醒。（洪淑苓）

佳作　秦嶺

作者簡歷

　　一地雪：本名秦嶺，女，生於二十世紀六〇年代。河南省作協會員。主要作品有詩歌、小說、散文等。作品散見《詩刊》、《星星》、《綠風》、《詩選刊》、《當代詩壇》、《河南日報》、《躬耕》等多種報刊及民刊。有作品收入《感動大學生的一百首詩歌》、《中國2007年度詩歌精選》等多種選本。曾於2005年參加中國西峽第四屆伏牛詩會，2006年參加河南省五位元青年詩人作品研討會，2007年參加中國舞鋼大河風詩會等。現居南陽，會計師。

得獎感言

　　很榮幸，在剛剛經歷了大悲大喜的中國2008年，在這個特殊的時代榮獲具有特殊意義的「葉紅女性詩獎」。我感到了詩歌前所未有的承擔。當人性在詩歌中呈現出獨特的話語權，當女性以獨立的姿態用詩歌像「蟬伏枝椏上鳴一生的清亮」，我愈加為我的母語感到驕傲。是的，一直以來我把詩作為我的另一種生存方式。懷揣一把對抗時間的詩歌之劍，一步一步走向出生的終點。走向詩神那神祕的力量。我以我的方式在述說、在熱愛、在感恩、在背叛、在堅持、在生存。我會一直這樣走下去。我不知道一個人的空間有多大，但我敢肯定詩歌的空間是無限的，她超越了民族、國家和時代，因為她博大的精神。感謝葉紅詩獎的所有評委及主辦者。葉紅詩獎永遠魅力無窮。謝謝！

我這樣描述身體中一場洪水

兩天後，你就成了我身體中的
一場洪。此時恰逢窗外有雨
它們和你一樣聚集了三天力量。

而我所能承受的極限也只不過
三天而已。它們從細微的漏洞開始漸次累積危險
直至破了堤，沖上山。

烏雲覆蓋了整個工廠，工業園。
塔吊彎曲。唯有洪，在我體內奔突
並深入到渾濁的外部。八百畝沃土也覆蓋不了她的

唇。此時，鋼牆上長滿了
眼睛，矚目你的聲音，身影。
她一刻也沒停止博大的溫柔，像這

滿天滿天的雨水。
我不急於表達，但這場洪
沖垮了周遭的一切。

評語

　　洪水會不會是慾望的觸媒？作者不說洪水而說洪，造成強烈的動盪及象徵，作者善用數字意象累積龐大的能量，訴說極限及壓抑，更善於舖設造景，遠離風格邏輯典範化的書寫傳統，提出女性的慾望話語，殊為不易！（馮青）

佳作　張卉君

作者簡歷

　　畢業於國立成功大學中國文學系，現就讀國立成功大學臺灣文學研究所，從事女性報導文學研究。擅長文字創作、影像設計、行動詩裝置；偏愛閱讀，擺地攤，以及海。作品曾獲全國學生文學獎散文佳作、鳳凰樹文學獎現代詩首獎、鳳凰樹文學獎現代散文首獎、鳳凰樹文學獎現代小說首獎、海洋首都文學創作獎散文首獎。視寫作為永遠的耽溺與救贖。

得獎感言

　　在語言之外，有另一個世界。
　　詩是生活，是放大在玻璃缽裡緩慢漂浮的植物氣根。
　　是陽光穿透窗帘隨風起舞的疊影。
　　是洗衣槽裡七彩的泡沫。
　　而我們在生活裡緩慢地踏步，凝視每一個沙塵飄起的瞬間。
　　在男子粗糙的鬍庇之外，以柔軟包覆世界如同海。
　　女子水般流動的容顏，以書寫得到描繪與顯影。

　　如果可以道謝，可以感念，可以將愛上達天聽，
　　願將光照投向同為女子，與我血脈相連的阿婆與母親。

記號

我們捧著乳房交媾。

沈重且軟暖地吮了生命的開口
在吞嚥的節奏裡跳一支舞
緊握熟睡睜不開眼的蜷曲拳頭
我的汁液流灌妳微軟的脊椎，妳的汗沾黏著
我童年的一支歌
引著妳漆黑中行走，爬過壅窄通道逡尋花的密室
配戴子宮的勳紀

其後妳月復月地漲潮，在暗處
宣洩著血的暴流，時而安靜如一道蜿蜒的河
流過男子乾燥的喉頭，滋潤著裂土的隙縫
安撫那嘔欲鑽出的萌動
直到，我青澀的裙頭安穩地座落在妳的腰際
一絲不亂地服貼著，妳頰邊那顆隱隱的痣

複查的喘息，屈受，重唱。
起伏的曲線是我們翻越的途徑，
通往幽深的暗藍海域
在妖的結界裡手拉著手沸騰歡愉盛放
那無限的生之虛妄

評語

　　寫女女相戀的情與慾，作者精心描摹，是非常私密的書寫。末尾「妖的結界」、「無限的生之虛妄」等語，則暗示這般情慾不見容於現實世界，卻又使人沉溺不已。（洪淑苓）

佳作　盧慈穎

作者簡歷

　　臺北人，獨立影視工作者兼自由譯者。

得獎感言

　　讀詩是一種習慣，但沒想過寫詩，開始動筆完全出自於偶然。2007年野臺開唱時，我站在人擠人的山舞臺聽Yo-La-Tango演唱，由於不喜與人靠得太近，我總習慣與旁人保持些距離；也就因為這一點距離，讓無數個想離開或進入山舞臺的人不斷從我面前穿越。我每換一個地方，那裡就像開了個口子一樣，人潮便川流不息地傾洩流過。「易於被穿過的人」於焉成形，然後慢慢地長出了詩的樣貌。「自己的房間」亦然。

　　感謝評審的青睞，讓偶然的突發詩意得到意外的回應。是否繼續寫詩還端看謬思之神是否再次臨幸；可以確定的是，讀詩的習慣不會改變，詩是我無可取代的心靈伴侶。

自己的房間

親愛的希薇亞
我還沒練習好如何將頭放進烤爐中

有一次我用
寅時的月光劃破
青筋浮起的左腕
然後用保鮮膜包紮
起床給孩子們煎蛋

親愛的維吉妮亞
我口袋裡還沒有足夠的小石頭
有一回我拿
午後的酸雨灌進
發不出聲的咽喉
然後拭淨嘔吐的穢物
繼續熨燙明天的西裝

親愛的安
我還來不及把車子準備好，把車庫上鎖
於是我向
夜闇的迷霧深處走去
僵直地
等待汽笛聲從遠方傳來

到倫敦的火車沒有進站
長著眼睛竊竊私語的屋子裡沒有
自己的房間
梳妝檯的鏡子裡沒有
我。沒有

評語

　　向女性自覺的前行者：希薇亞‧普拉絲、維吉尼亞‧吳爾芙、
安‧薩克絲頓致敬，以這三位傑出女性作家的精神病遭遇，檢視女
性的生存空間。意蘊實深，可惜未進一步抉發。（陳義芝）

佳作　鄒小燕

作者簡歷

　　1985年11月11日，星期一，凌晨一點剛過十一分出生。媽媽說，這是個千真萬確的時刻。二十歲之前，經常被老師或者同學拉去參加一些文學比賽，也因此得過幾個獎項。二十歲之後，開始「獨自自主」，自覺參加有意義的比賽，好好生活，天天向上。我熱愛寫字，這是我感覺觸摸世界最深刻的方式。我說這話的表情如同母親說我出生時刻時那樣的謹慎與認真。因為這是個喧囂而又缺乏信任的社會，我們要擺脫真相不被人產生懷疑甚至嘲笑的可能就必須把事實說得嚴肅點。

得獎感言

　　我深信，這是一份貴重的禮物。感謝葉紅女性詩獎主辦方、葉紅女士的家屬，還有各位評委們！因為你們，我的努力更加充滿喜悅的色澤。長久以來，詩歌承載著我生活中太多的感慨，用盡心力，用盡年華，似乎只為傾吐出一個硬質的內核。如今，它們成為我生命裏豐富的篆刻品，我將更加珍視它們，如同銘記自己的姓氏一般，永不遺忘。此刻，我在一個小小的角落，看見世上所有的鮮花都在詩歌裏溫暖善意地開放。我將繼續用陽光，真誠，汗水回報這份情意，回報任何、所有、一切，高尚、不朽、至愛。

煙花三月

三月，我從不抗拒一場煙火
在體內燃燒，綻放，灰燼
那肆意的揚花依舊
在虛無的城市上空飛翔，企圖擺脫
一整個季節裡繁重的嘆息聲
生活早已開始，過去被迫凋謝
許多年之後，當封閉的心扉接受檢閱
那些瑣碎的記憶，在日漸衰老的容顏裡
次第而來，再一次鏡花水月般開放
我被迫觀望
我被迫念想
三月，煙花從不停歇綻放的姿勢
三月，我在城市這頭一無所有

評語

　　表達繁華消逝，年復一年，楊花不知飛落誰家的感嘆。（陳
義芝）

佳作　鄭揚

作者簡歷

　　筆名周揚，板橋人，喜歡閱讀、電影與旅行，自美麗的瑞典
Lund大學碩士班畢業後，進入師大社會教育所博士班，獲教育部
96年公費留學考試錄取，詩寫的不好，但試著感受生活，進化的很
慢，依然習慣紙本閱讀，不善交際，但很幸運地遇上好的朋友們，
快樂或難過時，還好都不會忘記欣賞美好事物，如Linda Pastan的
詩、Milan Kundera的小說與 Marjane Satrapi的漫畫。

得獎感言

　　社會學是一種想像，更是一首詩。
　　其實詩寫的不好，得獎真是意外的驚喜
　　但卻能說明與詩與社會科學都需要細心觀察的共通點
　　感謝師大政大曾教導過我的師長，感謝耕莘評審老師
　　還有可愛的學生、朋友、家人，特別獻給我的母親
　　無意間經過南海路米勒（拾穗）畫展，六月的天氣
　　國立歷史博物館的人行道上大排長龍
　　而在鄰近不遠的車潮中，詩中主角（拾荒者）的身影於此浮現
　　從模糊乃至鮮明，揮汗穿梭在擁擠的馬路上討生活
　　僅以此詩，獻給現代社會中所有認真工作的拾荒／拾穗者
　　希望，或許正如那句諺語所說：

「When it is dark enough, you can see the stars.」

天夠黑了，就越能看見星光

拾穗三婦

她彎腰撿拾廢紙的　虔誠
宛若米勒的　拾穗三婦
雖然她只有一人
但早、中、晚的身影從未相疊
經濟上　也是互不干涉　各自撿拾

逆光模糊的臉　烘托工業革命啟幕前
人類原始勞動的殘像　因挑高的地平線而顯大
拾穗三婦田園式的憂愁　晚餐還散落巴比松平原
而被豐年淡忘的拾荒著　咀嚼著餓以填塞食慾
破銅爛鐵取代了　不會割手的黃金飽滿

她不是拾穗三婦　沒有畫家的平反
頭上也沒有頂著　紅藍白的頭巾與遲早的麥綑
如蜂人群湧往靜態展場　汲取名畫養分

渾然不覺　「拾穗」主角正蹣跚步下畫框
遊走後現代的街道　低嘆著　唉這「糟糕的馬鈴薯歉收」

但她最終是無名的她們
因為佝僂的姿勢　因為低頭尋覓
年歲難以辨認　因為同樣不解彎腰為何引人感動
名為藝術的展場內外　總悄悄上演著穿越時空
貧苦的對稱　她走過展場「拾穗」布幔下方沒有抬頭
出於一種生活從未抽離　習以為常的審美盲點
仿若歷史之河　本來就該浮出倒影
她不需藉由獨酌邀月　才能對影成三人
因為一位拾荒者一天的老、中、青　拼湊就是
那並立彎腰的拾穗三婦

評語

　　作者所謂的歷史倒影之外，詩中也不乏呈現出，那種傅柯似的
城市和身體異質並存的荒涼現況……作者更以超現實主義的方式將
拾穗的主角步出畫框游走於後現代的街道並低嘆「糟糕的馬鈴薯歉
收」來看待一與歷史並存的經濟現象，作者在詩裡展現出蠻蒼涼的
城市現代攝影光景，用詩代替了攝影機的光圈並提出問號，有強烈
地現實主義觀點與企圖。（馮青）

第四屆葉紅女性詩獎

首獎　胡茗茗

作者簡歷

　　中國作家協會會員。河北文學院簽約作家。2007年度入選詩刊社舉辦的第二十三屆青春詩會、2007年度獲河北省政府頒發河北文藝振興獎、2008年度「芒種」年度詩人獎、2007詩歌報「年度詩人」獎、首屆中國女子詩歌大賽「十佳」詩人獎、《人民文學》「觀音山」盃全國詩歌大賽一等獎、《人民文學》「風物揚州」全國詩歌大賽二等獎、《人民文學》「知音」盃全國詩歌大賽三等獎、《綠風》「名廣」盃全國詩歌大賽三等獎、《詩刊》社「桃花源」盃全國詩歌大賽三等獎以及《星星》詩刊社獎勵若干。獲得第四屆葉紅女性詩獎。2009年被中國作家協會列入重點作家扶持項目。出版詩集《詩瑜珈》、《胡茗茗短詩選》、《十二夜》、《詩地道》等四部。

得獎感言

　　上帝始終袖手旁觀我寫字以來的夜晚，永遠是床頭燈下，獨自與內心對抗與世界對抗，終至和解，這過程既充盈又悲傷。我壓榨生活里的水，提取結晶，它們猶豫而零散地落在紙上——迷狂的青春、扭曲的愛情、花朵攀爬枝頭的過程、蟲鳥來過的千萬姿態……我的視角發生了變化，習慣探詢事物的背面，甚至五官也生發出冷竣的線條，游離物我，日漸沉默。

　　我從沒愛上過詩歌，而它已是我間斷的自然分泌；我從沒愛上

過這世界,而它竟給予我那么多,那么多……山澗落花、僧廬聽雨、石上清泉、筆下風沙……我時常感到自己能夠幻變,騰挪於無形。小到成為螞蟻背上的一粒草籽,深到地心里沸騰的溶漿,高到俯瞰眾生的悲憫,而身後,無論走多遠的路,甚至十年之久與分行文體隔絕,總有一堵可以倚靠的牆一路跟隨,那還是詩。於是我置身於這高貴的手工活兒裡,形容優雅,舉止散淡。

　　法國詩人讓・貝羅也曾如是說:「詩歌中貫穿著一根火線:終止絕望,維繫生命」。我想我同樣找到了與內心與世界息息相通的火線,當我握至手心,夜幕四合,與每一個鮮活的文字互相燃燒,這一刻,上帝依舊會在注視,但眼神一定微含笑意……

瑜珈的背面

此時,冥想
目光閉合,五心向上,觸鬚打開
於清泉開始的地方,騰挪或假寐
靠近生,死,靠近空白

可以薄,像一頁紙托起發黃的文字
可以小,被母親的雙手捧著交還愛人
必須新鮮,超過植物,面向太陽
必須重新學會說話,原諒錯誤
原諒每一聲朝向羽毛的步伐

我被自己裝載起來
被血液充盈，溫暖
下至腳趾，上通眼瞼
然後是雲朵，是孔雀
或者，一粒米
心，睡在了天上
身體，坐進土裡

因為簡單，我將簡單的背面喚醒
因為輕，我將更多的重——催眠

慾望號列車

我夢見自己滿身鋼針睡在狂風上
上帝，你讓我動或不動都在疼

這是第幾節車廂，又要開往哪去
怎麼都是傷害，就像關切
有時是說，有時根本不用說

我剝開一粒糖，未經主人同意
戰戰兢兢，欲罷不能

對面的火車開過
滿臉都是星光

所有的人都高舉著車票找尋座位
我們把所有的角色演砸了
剩下的時間已經不多，下一站叫
皺紋，下一站叫白髮
最後一站憂傷終老

下車，你要慢慢地下
一步當作兩步走
一眼當作一生看

評語

　　以深入淺出的語言、文字，充分營造瑜珈深思默想，靜坐思維
得道之意境，全詩充滿哲理思考，讓讀者閱讀時深刻體會到精神從
身體分離瞬間所能達到的瑜珈背面之境界。

　　〈慾望號列車〉描繪「我」、「你」、「他」、「我們」、
「所有的人」於人世間在「慾望列車」上可能扮演的多種角色，文
字淺白，但滄桑意味濃厚。此詩題目與內容都非常特別，深入刻劃
人生。（尹玲）

　　以瑜珈運動的內在體驗，深入到對個體生命跳脫社會角色，重返本真與空靈後的微妙變化，進而上升到對身與心的形而上辯證詩想，並以豐富特異的意象予以精微表現。（沈奇）

　　〈瑜珈的背面〉寫練瑜珈的個人經驗。作者文字簡潔，氛圍掌控恰當，但瑜珈訴諸身心合一，其玄祕體會原不好說，作者的描寫因此也難比一些瑜珈行者的親證敘述更深刻。

　　〈欲望號列車〉首句「鋼針」「狂風」已經替「慾望」定調──「動或不動都疼」的慾望使人畏懼。（羅智成）

　　「瑜珈的背面」是一首舉重若輕或舉輕若重的詩作，談的是學習瑜珈的體驗與體悟，以最單純的態度來理解它。靠著對細微肉體知覺的追索與思想的解放或自由聯想，把一個難以言傳的身心靈的體驗，處理的既有內涵又貼合瑜珈的自在自然，這是高難度的成就。（陳育虹）

　　〈瑜珈的背面〉，從這首詩我們可以得出：一首好詩從來都是深入淺出的。氣息沈靜，語調平穩，詞彙也並不複雜。（娜夜）

優選　林欣儀

作者簡歷

　　林欣儀，1985年生，國立政治大學中國文學系畢，現就讀國立政治大學中國文學研究所。曾獲政大道南文學獎現代詩組第三名。

得獎感言

　　飛翔是婦女的姿勢──用語言飛翔也讓語言飛翔

西蘇

　　感謝評審，感謝葉紅女性詩獎。無常是人生永遠的敵人，於是，那日之後，開始想很認真的做些什麼。要將此獎獻給我的媽媽，希望成為令她驕傲的女兒。

為母親吹頭髮

輕輕地擦拭著母親的髮
像水草從指尖滑走
那日之後
母親的頭變得愈來愈小
軟軟的像剛泅水而出的嬰

暖暖的浴盆裡
傾倒了整個春季的太陽
我胡亂拍打著水面，氣泡啷著笑聲浮起
忽然，感覺一雙柔掌
輕輕地將我掬起

輕輕地吹著　撥動母親的髮
灰褐色是哪日新生的羽毛？
還是逐年褪色的河床
我將母親額頭上髮
烘成一團小小的棉花糖

可是，
是誰拔掉了吹風機的插頭？

日子迅速恢復成蠟黃
生活已轉成靜音了
於是
關於懸崖、X光片、瘦弱的
都因抽象而無法詮釋了

拾起一綹
昨日是母親髮上殘留的水珠
滴在我涼涼的日記本裡

支吾

唾液都溢滿了一個下午
她還一直把字句往喉裡吞

「投下這顆字會散開多大的漣漪？」
「把這一筆劃搬過來可以嗎？」

那櫻桃小口大概是精品屋買來的昂貴裝飾
所以
「總捨不得用」他說

卻沒看見一隻顫抖的鳥
奮力翱上天空

評語

　　細膩描寫作者與母親之間的深厚親情，母親病情日益嚴重之後的種種變化，讓人心痛、懼怕，本來正為母親吹髮的吹風機卻突然被「誰」「拔掉了插頭」是最無法承受的現實。

　　〈支吾〉雖才短短數行，卻能將其「含糊其詞」與「抵抗」兩種不同意涵都充分刻劃出來，尤其最後二行詩句予人完全意料之外的結尾。（尹玲）

　　經由記憶與現實、母親與自我、情感與哲思的互動性細節表現，和「吹風機」之特別意象的上承下轉，構成富有張力的彌散性內涵，顯示其不凡的技巧與功力。

　　〈支吾〉，短小精煉，別有意味。雖題旨略嫌空疏與模糊，但細讀之下，仍不失發人聯想的微妙與俏皮。（沈奇）

　　〈支吾〉寫惜字如金、不善言詞者，在眾說紛紜場合的侷促，並以「一隻顫抖的鳥／奮力翔上天空」自況。基於參賽兩首作品總行數的限制，此篇僅以九行運作，敘述較為單薄，彷若蜻蜓過水，但已屬不易。（陳育虹）

　　最令人動容的，是描寫母女在深情的互動之際，作者不曾輕忽那種蝕穿一切表象的悲涼現實之感，與歲月加無奈與面對它的複雜情懷——尤其是關於母親頭髮的驚人意象，在讀完詩作後仍久久不散，使得整首詩充滿了極深的說服力與感染力。（羅智成）

　　〈為母親吹頭髮〉，有深沉的情感，有詩歌必須的技巧，有閱讀時的一閃或者一震，這首詩和作者同時完成了自己——可貴的感動能力！

　　〈支吾〉，短小是更難的。所以更見功底。此詩略有意味。（娜夜）

佳作　胡宇

作者簡歷

　　燈燈，真名胡宇，女，出生於七〇年代末。現居浙江嘉興。2004年開始詩歌寫作，有作品選入《詩選刊》、《詩潮》、《山花》、《中國詩人》、《2007年中國最佳詩歌》、《2007－2008年中國詩歌精選》、《2008年中國詩歌年選》等各種選本。曾獲詩選刊2006年度中國先鋒詩歌獎。

得獎感言

　　感謝主辦方將第四屆葉紅女性詩歌獎頒發給我，對我來說，很意外，也很激動。我把它看作是對我詩歌創作的一次鞭策和鼓勵。

　　一直以來，詩歌是我的精神糧食，是我和存在世界保持聯繫的一種途徑，它是公開的，也可能是隱密的；讓我一次次和靈魂相遇，一次次覺醒，讓我渴望從男性的話語權中發出自己的聲音，一種獨特的，女性的聲音。

　　我渴望寫出這樣的詩篇，有著讚美，批判，和承擔的勇氣，詩意和生活緊密相關，它告訴我作為女性，個體生命的意識和存在的意義。

　　最後，我想用羅丹的話來結束我的感言：「要點是感動，是愛，是希望，是戰慄、生活……」

　　謝謝大家！

或者桃花，或者木棉

整個下午，幾個園丁在捆綁一株樹
光禿禿的細苗，可能是桃花，可能是木棉
他們用木條，用草繩，用冬日僅剩的溫存
我在靠窗的位置，被室溫控制心跳：
為了讓它們活得更好，要捆綁！要束縛！

而鳥鳴讓草坪起皺，隆起的坡度
讓春天順著球體，滑出一截，鳥雀的一截
不知所踪的一截
我站在室內，無端端焦灼，無端端在「冬天」一詞
投下的光和影中，明顯，矮了下去

評語

　　探討生存的其他課題：生的綑縛，死的鄰近。為了讓生命（這
些被移植的、光禿禿看不出名目的細苗）活得更好，園丁必須「用
木條，用草繩」，因為樹苗「要綑綁！要束縛！」強烈的驚嘆號很
難用得合適，但在這裡並不突兀──為了存活，綑綁與束縛勢不能
免，但「我」在窗邊目睹過程，仍不免心驚。（陳育虹）

佳作　李玉娟

作者簡歷

本名李玉娟，嘉義人，大業國中畢業，出生在荷花盛開的季節。曾任女工、打雜，目前整天思索如何吃飯的方法。

得獎感言

理論上，一出生就該帶著宛如荷花般天成的詩心，迎著曙光婉轉詩情，可我長久質疑，自己竟像是個詩的瘖啞者，發不出詩的聲音，及連把詩捧在手上，瞧著瞧著也會迷了路，好令人慌張。

好幸運得到這個獎，恰似在村口遇到的牧童，告訴我，順著聲音走下去，總有一天，可以唱成一首歌。

能夠找到這個詩的聲音，我很快樂。

腦麻者的詠嘆調

架起我那歪了樑的幕吧　儘管
這是一本寫壞的劇本
我還是必須張羅合宜的臺步
為每個音符裁剪華美的服

笨拙和失衡總是無辜的孩子
我用花餵養他們
渴望那些彆扭的側影有一天
也能如蝴蝶般輕盈

我循著〈馬太受難曲〉的音階
爬上巴哈的聖壇
我看見走在聖者背後的
是一群對自己忐忑的眼神
草地和天空正在傳頌一種夢境
月光像岩壁間的水
從夢的隙縫悄悄的滲出來
在光裡　我親吻他們的腳
流下的口水不是為了演出
而是為了滋潤即將乾涸的泥土

繼續唱吧我的伙伴
堅持是一種美麗的手勢
即使線條無法十分優雅
明知有些音節孤傲難馴
唱腔還是需要保持一定的風度
出錯的劇本其實沒有太多看頭
我還是要唱完這首詠歎調
多希望你會在

可是只有寂寞坐在臺下
寂寞的拍手

評語

　　將腦麻者的千種痛苦、無奈以細緻的筆調徹底地描繪出來，但最難得的是也同樣細緻地將腦麻者如何於困境中超越憂傷悲痛，以完整、順暢，並十分感人的筆法刻劃。（尹玲）

佳作　楊瀅靜

作者簡歷

　　目前為東華大學中文所博士班的學生，努力當一個盡職的學生以及稍微能言善道一點的老師。在生活中迷迷糊糊，不太懂分寸，因為藏拙所以常常沈默，對大部分的人而言，我可能是一個安靜的人。唯有在小說以及詩中，才能稍微清明靈敏的看待自己的內心世界以及與之相連的外部世界。

得獎感言

　　在瑣碎的生活細節中擷取感動的一刻，讓它很單純的呈現，如果因此能紀錄下生活的美好，並且得到他人的認同，對我來說就是寫詩最快樂的事。非常感謝評審老師們肯定這些詩，願意在某個時刻進入詩裡的生活，耐心的做一個旁觀的閱讀者。詩是個人看世界的一種主觀詮釋角度，期待以後的自己在更多美麗的念頭出現時，能更貼切更有能力的寫下這些靈光乍現。

　　得到這個獎，對以後打算做女詩人研究的我來說，是非常意義重大的事。感謝在寫詩路途上經過的那些，願意為我的詩停留一小段時間讀完它們，並給我回饋的人，因為這樣我才能更有勇氣跟信心在寫作這條路上繼續執著下去。

婚姻是……

婚姻就是不能再為其他的人寫詩了
舊日的辮子那條通往青春尾巴的梯子
如今都盤起來而心也盤得像一尾冬眠的蛇
真的不能再給誰我的詩了

那正中央的巢是蛋的是溫熱的
是被窩一襲是兩人份的
而蛋黃蛋白是兩個人省下來給
獨一無二的那一個人
不用跟誰分的

像愛也是不用分的
像風不分方向而花不時芬芳
而雨不斷如髮絲承諾不管多話
你走過來我就知道是你了

早餐午餐與晚餐，每日每月接每年
那正中間的蛋才正要破曉成紅夕陽
雲般黏密的水湧開成海，噓！有人探頭出來
等他長大等他會說第一句話
我會把詩給他真的

除了這兩個人真的
不能再給誰我的詩了

評語

　　這是一首瀰漫著甜蜜氛圍的作品，有著天真的語調和美滿的想
像，表達出作者對婚姻生活的體認、憧憬與某種堅定的承諾。她全
心全意地投入與奉獻，意圖把所有美好的事物包括詩作只獻給丈夫
與小孩，卻也隱隱然表達出婚姻制度本質上的壟斷性與排他性，於
是成就了這首甜蜜的詩的複雜、反諷的可能性。（羅智成）

佳作　鄭迪菲

作者簡歷

　　原筱菲，原名鄭迪菲，大慶市石油（藝術）高中學生。十二歲開始美術、攝影和文學創作，發表文學作品近五百篇（首）。散見於《詩選刊》、《北方文學》、《散文詩》、《散文詩世界》、《綠風》、《歲月》、《小作家》、《詩林》、《當代散文》、《華夏散文》、《詩歌月刊》、《詩潮》、《中國詩人》、《上海詩人》、《黃河詩報》、《新大陸》（美）、《澳洲彩虹鸚》（澳）、《常青藤》（美）、《北美楓》（加）、《秋水》（臺）、《少年作家》、《少年文藝》、《中國校園文學》、《中華文學選刊》、《年輕人》、《小溪流》、《讀寫月報》、《中學生優秀作品選刊》、《創新作文》、《語文世界》等數十家期刊，多家期刊重點欄目或封面推薦。

　　入選《詩選刊・2008年中國詩歌年代大展》，收入國家典籍《二十一世紀中國文學大系・2008年詩歌卷》、《六十年中國青春詩歌經典》、《中國新詩年鑑2008》及《華語校園文學大賽獲獎者佳作集》、《中學生校園文學大賽獲獎作品集》、《中國校園文學精選》、《少年中國九人詩選》、《90後詩人七家》、《雪野上的藍色極光》、《中國新詩選》、《中國先鋒詩人選粹》、《中國當代詩歌精選》、《中國網絡詩人100家》、《中國當代網絡詩選》等三十餘種詩文集，出版合集《90後十家・名詩薈萃》、《90季》，出版文集《指尖的森林掌心的海》；詩集《嬗變的石頭》、

散文詩集《時間之傷》即將出版。

　　曾獲臺灣「聯合報文學獎」評審大獎、「首屆華語校園文學大賽」金獎、「睿格盃‧搜狐魅力星生散文詩大賽」特等獎、「潘婷盃」心事創作大賽新銳獎等多種獎項；應邀參加過「華語校園文學聯盟」成立儀式、「華語文學（深圳）論壇」及「華語校園文學專家沙龍」等活動；曾接受多位文學評論家、作家、詩人、教育家的指導，接受過《南方都市報》、《晶報》、《深圳特區報》、《深圳商報‧文化廣場》、《深圳晚報》等媒體的採訪。

　　詩觀：在一滴水中照見自己，自己就是一滴水；告別塵埃一樣的生活，讓寧靜和夢想只在晨露里盛開。

得獎感言

　　愛上詩的簡單和純粹，就像愛上幸福的簡單和純粹；但詩也沉重，就像我移不動花季的腳步。因此愛詩會享受極致的快樂也雙倍地承受寂寞。我默默成長，試著做夢，而一不小心夢想的花就開了，就意外的獲獎了；我知道這花開是因陽光和雨露的恩澤，也就是葉紅詩賽的恩澤，感謝評審老師們，感謝葉紅詩賽！

守口如瓶

我必須對時光守口如瓶
群芳過後我開始緘默

一個夏天的生動只寫在臉上
我不說
看誰能讀得懂

我就這樣站立在風景中
像一只瓶子
太陽折射出七彩的環
是我時光深處的密語
只等來自陽光深處的人
潛心破譯

站在時光深處
擦肩而過的人只瞥見一只
普普通通的瓶子
它隨意的站立
仿佛空空

評語

　　〈守口如瓶〉，以「對時光守口如瓶」而自甘做「普普通通」「隨意地站立」於歲月風景中的核心意象為焦點，別出心裁的情感意緒，深切地表現出青春年少之青澀年華中，那一脈矜持與獨立的精神特徵，清新熨貼，平中見峭。（沈奇）

佳作　尹雯慧

作者簡歷

　　尹雯慧，臺灣桃園人，靜宜大學中英文雙學位。文字劇場工作者，曾參與多次劇場演出。2007年到2008年環遊世界，入選2009年行政院客委會築夢計畫，曾獲桃園文藝創作獎等。

得獎感言

　　才開始嘗試認真書寫，就獲得這樣的殊榮，接到通知之後，其實戰戰兢兢更勝興奮喜悅。感謝母親和姐姐們的縱容與支持，對於我的一事無成及游手好閒，她們給予最大的寬容和體諒。感謝已逝的父親，用生命的等待成全我對夢想的追求。感謝臺灣傑出的女詩人張葦菱，在我生命中許多困頓顛躓的時刻，用溫暖與才情煨熱我曾經黝黯的深淵。感謝那些旅途中，明亮了我因為疲憊惶懼而失焦的晦暗靈魂，火炬般的千萬顆星眼。當然，我要特別感謝生活裡不吝給我迎面痛擊的困境和蕭索，那些或人或事或物的撕扯與砥礪，讓我深刻體悟美好的存在是永恆的必然。

聽你

聽你，和月光辯經
不管背後一群鬼，多麼聊齋
都已經別無所愛

前世的你必定天葬了血肉，無塵無埃
為了今生朝佛，骸骨衝衝趕向如來
月光句讀你，攤開的經卷
一頁一頁的海浪，流放水燈
從布達拉出宮步向時間的後塵
成群的木魚迴游你的眼
你說：「孑然之身不過是血肉揉成的糌粑，而兵燹總是背著佛，
　　　以槍口向藏民口述，慈悲為懷的真言……」

酥油燈明明滅滅
多少凝望，從山頭不斷地落
雪
而即溶的雪是眼角的一行熱淚，通往絳紅色的百世輪迴
那意念金剛般，和你神似
我應該升騰，或者盤旋？

你撥算念珠，思念是一串不為人知的鳥鳴，只有春曉
合掌，你的手勢不是佛，而是百年的孤獨
從此，你是流離的詩，我是顛沛的山山水水

評語

　　十分深刻地描述「你」的前世今生、百世輪迴間各種特殊經歷，形成今日「你撥算念珠，思念是一串不為人知的鳥鳴……」，由其末二句內「百年孤獨」與「流離的詩」，異常感人且動人。（尹玲）

佳作　葉語婷

作者簡歷

　　畢業於逢甲大學，現就讀國立中央大學研究所。曾獲第十二屆
逢甲大學文學獎新詩組第二名、第十四屆逢甲大學文學獎新詩組佳
作、中央大學第二十八屆金筆獎小說組第三名、新詩組佳作。

得獎感言

　　之前上過耕莘文藝營的課程，曾有一篇〈白象似的群山〉，海
明威的，印象深刻，我想，「詩」是不是可以也都是對話，所以有
了詩人，在我的筆下偷偷觀察男孩。而〈片刻〉是一種嘗試性的作
法，我想把詩的意義降到最低，純粹寫時間的流動以及在無以名狀
的時空下如何朝某人前進，以具體的事物寫抽象的時間。

　　近日，對於寫詩有不一樣的看法，刪除與人的交往，單純的
事物亦無不可。譬如蜥蜴、譬如蕃茄、譬如菌絲，都是一種好的
想像。

　　感謝評審，還有陪我一起完成詩生活的人們。

片刻

陽光燦爛的下午。

我坐在咖啡館裡，除此之外，還有一個女子和一隻貓。

她的手托著下巴。

人群是換燈片，一幕一幕，她的眼睛。

她的臉，被陽光切割，陰影的部分，變成一列慢車，從

黑暗的地方，沿著視線，穿過了我的瞳孔。

在黑色的軌道上拖曳，擦出耀眼的光，金屬與金屬的碰

撞，每一個細小的分子。有一些痕跡殘留。

牆上的鐘恰巧走過。

女子腳邊的貓，在椅子與椅子之間穿梭。

陽光燦爛的下午，木桌上的玻璃杯沁出水珠，我用手擦去。

水珠聚集，而後滴落。

那女子忽然站了起來，拍落些許睏意，和我剩餘的目光。

安靜而明亮的一小段片刻。

我低頭，水印溼了杯墊，散漫的灰塵在空氣中，我看見褐色

的窗框上，有一隻螞蟻往左爬行。

牠的身上，閃耀著金色而細微的光。

評語

　　具有戲劇性的潛在張力，超現實的意境與蒙太奇手法。細節精微，可感，鮮活。（娜夜）

第五屆葉紅女性詩獎

二〇一〇　第五屆葉紅女性詩獎特輯

星球探險記

財團法人耕莘文教基金會
耕莘青年寫作會

首獎　周盈秀

作者簡歷

　　筆名鶹月，雲林縣人。嘉義大學中文所畢，現為中興大學中文所博士生，曾獲數次嘉大及中興校內文學獎、99年文建會愛詩網主辦「好詩大家寫」貳獎。

得獎感言

　　感謝主辦單位及評審的肯定；感謝嘉大及中興中文系師長的栽培；感謝所有曾經引導我、鼓勵我的詩人前輩；感謝阿鯨詩人幫我想了「鶹月」的筆名，自此之後，我彷彿真的會飛；感謝父母、姊姊，總說看不懂詩，卻能記住我的詩句。

　　〈星球探險記〉是寫在不幸婚姻中選擇沉默的婦女，〈如果末日之後重新出土〉的靈感來自龐貝城。我沒結婚過，也沒死過（目前為止尚不感遺憾）。並且是個只要正經嚴肅，就會感到彆扭的人，所以這篇感言的正經也快到極限。

　　最後感謝，生命中的那些冰雹。只要有心，被砸了滿頭包的旅人，都能成為釋迦摩尼。

星球探險記

所有的謊言已團結成星球
沿婚戒繞行
自轉、有海陸、有四季
最大的那一個，肉眼便能看見
如長城般屹立不搖
城頂一支小紅旗
歷史輝煌

星球上只有兩人
一是我尋跡的身影
身背竹簍，手握竹杖
簍裡放我們剛滿歲的娃
她常哭
哭聲無法轟倒長城
只能逼我解衣哺乳
低頭時，母女倆早已植成河畔的
一株果樹

夜晚那銀河深處
妻子的頭顱紛紛落地
不是絕望，只是熟了
而每顆星球仍繼續轉動
繼續，將昨天捲進地心

如果末日之後重新出土

不確定
他們用什麼機具挖掘
為維持民族的形象
最後一刻也要微笑以對

不確定
博物館會陳列哪些姿勢
相擁必須獨立分類
如在深夜時刻覆滅
女人腿骨擱在男人腹腔上的
是婚姻關係
那雙我最貴的鞋
年份與尺碼已寫在鞋底
包括，每個墊起腳尖接吻的日期

這首詩我會塞進最後一瓶喝光的
可口可樂裡
麻煩辨識建檔以後
務必將保特瓶回收

評語

〈星球探險記〉整首詩的語言特具幽默感，雖然用悲觀的「謊言已團結成星球」論點開始，但卻通過「最貴的鞋」記錄的「每個墊起腳尖接吻的日期」，是一首構思精巧，結構成熟，喻意深刻的好詩。（翟永明）

〈如果末日之後重新出土〉對婚姻「重生」的探討，假設為一樁出土文物，「考古」的刷子下，刷一把辛辣味。出色的第三段，出色的感性與細節。結尾忽做奇怪的宕開：回收寶特瓶做好環保工作。是閒筆？抑或有深意？（陳仲義）

〈如果末日之後重新出土〉簡潔率真，〈末日之後〉多了一股辛辣——不再是小媳婦的悲情，而是十足新女性、苦中依然保有的黠慧。這日常屢見，卻在詩中顯得新鮮的畫面，奇特有趣之極。而「喝光的可口可樂」裡，瓶中書出土、鑑定過後，那個不環保的、無法被地球消化的寶特瓶必須回收。灑脫而完整，語彙意象極具現代感的好詩。（陳育虹）

這兩首詩都透露出「重生」的希冀與幻想，希冀重生，幻想重生時所能獲得的理想。其婚姻關係中的女性形象，都極有趣。兩首詩一重一輕，自動調和了詩的失衡。（蕭蕭）

〈星球歷險記〉圓形意象貫串整首詩——星球、婚戒、乳房、妻子的頭顱互相呼應，產生張力。其中，星球為永恆、堅固的象徵，對比於婚戒的短暫、中空，造成對婚姻本質的質疑。

　　〈如果末日之後重新出土〉仍然是對兩性關係的描述，透過詩意呈現。第二段與第三段頗有創新的想像。博物館陳列的是男女兩性做愛的姿勢，是具有新意的描述。（江文瑜）

優選　李成恩

作者簡歷

　　中國大陸八〇後女詩人，紀錄片導演。著有詩集《汴河，汴河》、《春風中有良知》，隨筆集《文明的孩子》等。獲得第十七屆柔剛詩歌獎提名獎，第二屆井秋峰短詩獎，入圍《詩刊》第七屆華文青年詩人獎。參加第二屆中國詩歌節，第十三屆國際詩人筆會，詩刊社第二十五屆「青春詩會」。是具有明確的地域詩歌寫作方向與女性主義寫作精神的代表，引起了評論界的關注，作品多次入選《文學中國》《中國詩歌年鑑》等重要選本。

得獎感言

　　做為八〇後詩歌寫作者，我的寫作無可避免地與物質主義的時代發生了碰撞，我選擇了故鄉或土地、異鄉或地域這些最本質的詞根，我是一個笨拙的寫作者，我獨自走向精神自治的詩歌之路。

　　葉紅女性詩獎已至第五屆，低調、本真、嚴格，注重文本與女性精神的統一，散發出溫暖的女性之光。我的創作能獲得評委會的肯定，是我的榮幸，在此我要感謝評委對我的鼓勵！並向臺灣女詩人葉紅致敬！

　　我身感孤寂與冷漠包圍了我，女性寫作不足以抵抗強大的男性話語，姻脂能否成為一種美學武器？女性寫作能否從世俗的困境裏突圍？我深知，女性詩歌之路還很漫長，我還在路上。

　　但我目不斜視，一往無前，堅定地繞過了庸俗、偏見與脆弱，而獲得了責任、良知與人文的力量。

瑜珈

冥想的力量驅趕了身體的黑暗
我學習一隻幼鵝。她進入我體內是前年的事
她的柔軟，她的彎曲
一直貼著我的身體，好像要把我從骨頭裏抽出來

我害怕我會折斷，其實我已經獲得了幼鵝的靈性
在我生活的光圈裏，我搖晃著步子
掂起腳尖，拿頭撞擊冥想的水面
我想我會掉進湖裏，我確實掉進去了
但我沒有淹死，我獲得了幼鵝的解救

她彎曲的脖子救了我，救我於焦慮的生活
就這樣彎曲，就這樣持久地置於寧靜的湖面

我發現幼鵝扇動想像的翅膀，而我的想像也跟著
一張一合，今年我得了冥想症
我得了幼鵝病

在清晨幼鵝的第一次晨練中，我拍動水波
推開柳樹與石橋。我快速整理我的羽毛
把頭插入清涼的湖水，我看見整個世界都彎曲了

袖子

一衣帶水，嬌媚的吟頌捉住你的手腕
這些唐朝的女子，臉上的胭脂像古典主義
而袖子是一個朝代的溫床
我看見紅酥手，伸出來了。啊伸出來了
好看的，難以言表的婉約
躲在這寬大的袖子裏。你說寶貝今夜安睡
一衣帶水也安睡
手腕也安睡，紅色的骨骼支撐起嬌媚的精神
袖子裏下棋，廳堂裏練武
一個朝代有一個朝代的時尚
表妹出嫁，玉米飄香。袖子啊溫床
如今我窺探了一個鼾睡的朝代兩頰的紅雲
暗香浮動，別有一番滋味跟隨我到唐朝的繡衣坊

評語

　　〈瑜珈〉用幼鵝來比喻「身體的靈性」，以當代最具體的生活暗喻了時代的焦慮症候。以及自我通過「冥想的力量驅趕了身體的黑暗」這一解救過程。（翟永明）

　　〈瑜珈〉，瑜珈關乎身體、心靈與精神的一種養生，特別容易
贏得女詩人的青睞與呼應。在歷來眾多瑜珈詩作中，該詩寫得特別
有靈氣。作者與瑜珈靈犀相通，故表達得相當精美、得體，婉轉
有致。

　　〈袖子〉，袖子的形象生動、準確，絲絲入扣。尤其是核心句
「袖子是一個朝代的溫床」，概括力強　意蘊豐富，耐人尋味。
（陳仲義）

　　文雅抒情筆調下的〈袖子〉裡其實大有乾坤：從《南史・陳後
主紀》「……豈可限一衣帶水不拯之乎」，到陸游的「紅酥手」，
到張競生的「別有一番滋味」，跨時空的典故和語法，讓這首虛掩
的「詠物」詩顯得鮮活。「古典婉約」的唐朝衣袖中，是主題與意
義的挑弄。（陳育虹）

　　〈瑜珈〉、〈袖子〉，一今一古，都以身體詩學傳達女性的柔
媚婉約，就兩首詩的自我評比而言，〈瑜珈〉要比〈袖子〉精彩，
〈瑜珈〉將自我的身體與幼鵝完全模擬成功，冥想的水面、想像的
翅膀，都讓讀者有身歷其境的臨場感。（蕭蕭）

　　〈瑜珈〉不是單面向地呈現「瑜珈」，而是把過程中的恐懼、
焦慮、和解脫都同時融入「幼鵝」的意象。
　　〈袖子〉一詩比較用到「袖子底下有乾坤」的概念，結合女性
的形象。詩語言比較傳統，想像力與詩質比「瑜珈」稍弱。（江
文瑜）

佳作　王珊珊

作者簡歷

　　1987年生，臺灣宜蘭人。走路像企鵝一樣搖搖晃晃，披著長髮戴副眼鏡，喜歡看小說，喜歡在別人的故事裡流著自己的眼淚，聽歌時特別注意歌詞，喝奶茶一定要加珍珠，最害怕的東西是黑漆漆的房間和小強。翹課時請來樹下找我，或許我們可以一起去看雲。曾獲教育部文藝創作獎、南投縣玉山文學獎第一名、新竹市竹塹文學獎、金門縣浯島文學獎、客雅文學獎等獎。現正讀國立新竹教育大學，教育學系四年級。即將出版新詩合集《停頓以前，步行之後》。

得獎感言

　　最要感謝的是評審的肯定，感謝您們給我更多成長和發揮的空間。感謝顏艾琳老師鼓勵我投稿。感謝我的父母對我的創作給予精神上最大的支持。感謝竹大丁威仁老師悉心指導，告訴我現代詩不能只是胡亂湊合一些難懂的意象，感情的豐沛飽滿也應該是詩作的主要載體，自去年十一月起，跟著老師和一群學長姐打破過去對「詩」的成見，而重新開始學習寫詩，逐漸發現我對這個領域有著無可估計的興趣，讓我可以自由自在的將一大腦不知該往哪兒擺的苦水，全傾倒於紙上，更感謝威仁老師引導我不斷的嘗試各種敘述手法和斷行，學習寫些新的主題和類型，透過隨性的創作和讀詩，隨性的想像，希望能找到屬於自己的生命氣質和步調。感謝曾經鼓

勵我的每一個人，感謝你們填補我生命中的許多空白，使我的腳
步逐漸由虛浮，通過晦暗不明的轉折站，逐步走向堅定與踏實的
未來。

孩子，我聽不見你的心跳

孩子，我聽不見你的心跳
找不到你翻白的背脊
新繡學號的制服，以及幾百支
剛買的鉛筆，都被漲潮的淚水帶去
一間沒有名字的育幼園
盪鞦韆

兩旁的岩石，擋住了母親的哀號
孩子，水畔的青苔是吸音牆
你在白色的世界，寫一份未完的暑期
作業，再沒有小販敲響十字路口
沒有卡通的呼喚，如傳單一張張飛上
你的書桌，像傳遞信仰的使徒

孩子，我聽不見你的心跳
像水打糊的字跡，生活是走失的日記

你說的每一句：我要回家
都將成為鐵門上斑駁的痕跡
被風輕輕吻過…

孩子，你的笑語我聽不見
你的心跳
是一朵輕輕的雲
或許，你會在一個沒有贅字的地方
重新落腳

但孩子呀，請給我一個
一個有夢的地址。

評語

　　〈孩子，我聽不見你的心跳〉置於「死」與「生」之兩極來思考，頗為令人震撼。寫水災造成的死別，或許是藉助於新聞報導，以想像撰述，寫來有「隔」之感，但圓熟之句「你會在一個沒有贅字的地方重新落腳」，清奇無限，驚喜無限。（蕭蕭）

佳作　王美英

作者簡歷

　　那朵，原名王美英，山東省平原縣人，德州市作家協會會員。各類文字散見於《中國文學》（香港）、《華夏散文》、《榆林新青年》、《山東文學》、美國《僑報》、臺灣《人間福報》、《中國建材報》、《中國婦女報》、《未晚詩刊》、《小拇指詩刊》、《黃河詩報》、《北方詩歌》、《詩詞國際》等國內外近百家報刊。多次在省內外獲獎，其中，《黑色的金子（外一首）》獲第二屆「桃園杯・世界華語詩歌大獎賽」二等獎；《蓮心無塵》獲「蓮心・廉品・蓮花」全國散文徵文比賽三等獎；《陽光甚好》（組詩）獲得全國新農村詩詞大賽二等獎。

得獎感言

各位評委老師：

　　辛苦了！

　　此時此刻，我的心還在砰砰直跳，心裏的暖是無法用語言說出來了，真心感謝各位評委對我的厚愛和鼓勵，在此，深表謝意。

　　對於詩歌，我是在某一瞬間一下子喜歡上的，像中了毒一般，一發不可收拾，我喜歡詩歌這個小劑量的毒，讓我一邊敬畏，一邊又止不住地偷偷喜歡，像暗戀一個喜歡的人，總會有心跳加快的時刻出現。

　　能獲得這次葉紅女性詩獎，是對我的詩歌的肯定，也是對我極

大的鼓舞，在今後的詩歌道路上，我依然與詩歌不離不棄，如果有
輪回，下輩子，我還寫詩。

解藥

沒有五味子，無需玉蝴蝶
醫治內心的浮躁
我只要一劑安靜祕方
此外，還要配以潔淨
要有月光的白

要加上安詳
這個不動聲色的佐料
可以消滅歲月的鋒芒
剔除生活留下來的小刺

夜空中的幾粒寂寞星子
月光下的一隻聞香小蝶
這是不可或缺的引子
耐心煎熬，靜等
藥香嫋嫋飄過
沖服，日服一劑

良藥總是苦口
飲一小口，是小個的辛酸
飲一大口，是滿腹辛酸

這時，你會發現
內心的小波瀾
在一點點安靜下來

面對五彩繽紛的花海
一棵不開花的無花果
是安詳的，也是安靜的

停泊在時間深處
把愛捧在手心
等待一隻悄然而至的飛鳥
抖落一身的呱噪
喊我回家

評語

　　標題有新意。這首詩用到的意象都是屬於「收」的類型：例如「退」、「收斂」、「瘦身」，和傳統描述「花」時總是強調其「放」的處理不同。（江文瑜）

佳作　陳姵蓉

作者簡歷

　　北一女中，國立成功大學醫學院醫學系畢。現職精神科住院醫師。臺北人，右撇子；舉凡能寫就情願不說，可惜這種情況不多。

得獎感言

　　寫詩和讀詩都是彆扭的，私密的，混淆了竊喜以及侷促不安。
　　偶爾想拿針狠狠地戳人，或任人狠狠地戳中，就寫詩，
　　或讀詩。
　　這是很安靜的一種暴力行為，唯獨兩造皆同意之。我就給夏宇重重地打過幾拳，很好很好的。
　　感謝主辦單位及評委諸君。

替身

我匆忙吞下妳無暇收拾的對白　為了
鎮痛解熱　順便
實現藉由消化而成為　妳
的祕密企圖

下一步是交換唾液
媒介以永遠同一個
入戲太深的男人
於是再失控的吻都將被
精準地複製
鋼絲凌空　　拋我
於崖——

　　　　　　代舞妳不能的曲目
　　　　　　盡犯妳不堪涉的錯誤

　　　　　一。

　　鏡。

　　　　　　　到。

　　　　　　　　　　底。

　　　　　　　　　　——他失速，

　　　　　　　　　　　——妳下墜，

　　　　　　　　　　　　——我粉身碎骨。

這時候終於愛就
轉品為虛詞。
主詞和受詞一瞬間同時
感覺被倒置。
如何是好？我的背影一不小心
比妳的正面更真實

觀眾打起呵欠
片商終止合約
妳重新決意豔抹
我恢復透明

男人忘詞。

評語

　　借劇場習用慣見的詞彙與景象，比如「對白」、「入戲」、「鋼
絲凌空」、「合約」、「忘詞」，及劇場的複製（複製的吻）、虛構
（主受詞倒置）特性，寫現代男女複雜的多邊情感世界。（陳育虹）

佳作　游淑如

作者簡歷

1978年生，畢業於國立政治大學教育系、國立中興大學中文所，目前任教於國立屏東女中，育有一子一女，曾獲菊島文學獎、雲林縣文化藝術獎、青年文學獎、玉山文學獎。

課餘興趣為閱讀、寫作，創作以新詩為主，認為詩是最精煉的語言，無論是自然書寫或是人文關懷，都能發揮最大反映社會的力量！

得獎感言

自從擁有了家庭和可愛的小孩之後，書寫，似乎成為可以抵擋柴米油塩醬醋茶的祕密武器。每當孩子沉睡，一盞燈、一臺筆電，就是另一個美好世界的開展。寫詩，讓人沉靜思考、也讓人與社會有了溫暖的連結。

謝謝評審的青睞與鼓勵，我會繼續加油！

給女者

之一　女嬰
一聲啼哭
敲響了幾罈好酒的回音
在歷史洞穴中　妳努力伸長雙手
撐開一線　希望的光

之二　女孩
兩根辮子盪開裙襬
妳跳過一階又一階的橡皮繩之後
才發現　跨越好難

之三　女人
妳戴著桂冠　撐一葉小舟
大無畏地往夢的深處滑去
直到遇見
妳終於甘心　把槳與篙都拋入滔滔之中

之四　母親
妳回到那幽深隧道　依舊奮力
血泳著一波又一波　尖辛疼痛
讓再生的喜悅
猛然出鞘

評語

　　〈給女者〉以女嬰、女孩、女人、母親，點畫女性的一生，此詩創造了許多優異的女性特有的意象，如歷史洞穴中撐開一線希望的光，如撐一葉小舟往夢的深處滑去，如那幽深隧道奮力血泳著一波一波艱辛疼痛，有著個別性的精彩。（蕭蕭）

佳作　許妝莊

作者簡歷

　　1985年四月出生於臺北雙連馬偕紀念醫院，成長於新竹，2003年科學園區實驗高中畢業後，又回到臺北讀書。2007年取得政治大學歷史學系學士學位，2010年取得臺灣大學歷史學研究所碩士學位，碩士論文：〈從偕醫館到馬偕紀念醫院——殖民地近代化中的醫療傳教（1880－1919）〉。

得獎感言

　　從小到大一直渴望透過音樂抒發情感，學過幾種樂器，卻沒有一樣練成。然而透過這次參加葉紅女性詩獎的機會，才發現原來文字就是我最好的抒情樂器，雖是無聲卻是有聲。感謝上帝讓我在充滿文藝氣息的環境中成長，有父母和許多良師益友不斷淬鍊我的筆，也許仍有很多需要進步的空間，但得獎對我來說實在是一份溫暖又開心的鼓勵，未來的日子希望能繼續耕耘文字之田，不只抒發個人情感，也能安慰人心。這兩首詩都是患難昇華出來的文字結晶，當專注於眼前的創作之際，文字帶來的美感經驗使我有了盼望——「患難生忍耐，忍耐生老練，老練生盼望，盼望不至於羞恥；因為所賜給我們的聖靈將神的愛澆灌在我們心裏。」（羅馬書5:3-5）。

生魚片戀人

沒有加工
就是原味

是一種野蠻的行為嗎
因為我的不虔誠和憂鬱
妳想把我煮熟再給他吃

妳無法欣賞我的原味
卻要將我變成另外的樣子
才是妳心目中的好菜

無與倫比的天真
我捨棄自己的味道跳進妳的鍋裡
調味料又嗆又辣

妳要嚐味道準備關火時才發現
我消失了
因為妳熬過了頭
我隱沒在滾水裡
成了他人生最苦澀的湯頭

倒掉這失敗的作品吧
我的靈魂早已飛離了這滾水熱鍋
尋找
我真正的生魚片戀人

評語

　　這首詩角度新奇，構思獨特。以生魚片進入滾水熱鍋的比喻來形容「你」欲改變「我」的「原味」的過程。詩中用調味的「嗆辣」「苦澀」「火候」等烹調術語形容此一改造失敗的過程。生魚片戀人最終經過靈魂飛升尋找自己的「原味」愛人。語言幽默且精準地處理了當代生活題材。（翟永明）

佳作　王薏晴

作者簡歷

　　王薏晴，1993年生，雙魚座B型，臺南市人，現就讀臺南女中。矛盾單純、孤寂熱情的人。興趣多元，偶爾汰舊換新。喜歡的事物廣泛，例如攝影、繪畫，例如歌和文章和書，例如聽說讀寫。

　　善變，卻始終堅持自己的笑容、想法、嘴和味道。認為世界上得有一、兩件東西能讓自己驕傲地緊握著，即使偶爾鬆手也不擔心。覺得偶爾抬高下巴、自負地走路，渾身晶亮散發光芒，也挺可愛不討人厭，目標是以這樣的姿態感動人，一如你和我從未受過傷。

得獎感言

　　謝謝你們。謝謝被我愛和愛我，和那些曾帶給我靈感的人們。

　　過去到現在的路上，挫折不少，感動和微笑和愛更多，即使如此，偶爾還是被石子磨去自信，剩驕傲孤獨地喘著氣，於是負傷前進，臉上偶爾掛著似笑的哭臉，或似哭的笑。謝謝評審、耕莘，和葉紅詩獎的鼓勵，讓我明白自己的詩還是被聽進去了，我能帶著新長的自信繼續寫、繼續說，繼續邁開步伐，爽朗笑個幾聲往前走。

　　創作時的我總是隨意恣肆，甚至不太想什麼、也不太刻意設計我的作品，我總是跟著心跑，甚至我看自己作品時，也常以讀者的眼閱讀，彷彿第一次碰觸、第一次思考、第一次進入作品那樣，然後反覆咀嚼，這大概也是對作品的親暱。所以謝謝自己，那麼放縱又那麼不放心，謝謝自己還充滿愛。

真相預報

有時，聽著氣象預報像是諷刺
有時要看播報員一臉正經地說謊
預報大概是那種一套一副不變的格式
可是不論晴雨
雲和天的交柔
還比不上你側臉的稜線

忘了帶傘時
原來是忘了
雨天撐的是一把雨做的傘
晴天撐的
大概是一把情做成的傘
於是錯失機會和你站成一方
小得足以做夢的雙人位

我是不是也以那種一套不變的格式
一臉正經地說著
說著這一回什麼都不重要了
至於晴天是明天的事
至於雨天是以後的事
你的位子以一種線條

在晴雨之間
交織著真實的語言

而我還沒說出口

評語

假借天氣預報的「不變格式」，先引發對於（愛情、情愛）真相的質疑：因為聽得叵測，所以像是「諷刺」，同時看一臉正經播報也像是在「說謊」；再通過中間段帶有情趣性的「錯失」，加深對意旨——真相的猜測。（陳仲義）

第六屆葉紅女性詩獎

母親‧妹妹

2011 第六屆葉紅女性詩獎特輯

財團法人耕莘文教基金會
耕莘青年寫作會

首獎　鄧文瑜

作者簡歷

　　1988年生，桃園人。武陵高中、中央大學企管系畢業，瓦解詩社成員之一。曾獲中央大學金筆獎，作品散見於《幼獅文藝》、《人間福報》副刊。

得獎感言

　　這是我第一次得到校外的文學獎，謝謝評審的青睞與主辦單位辛苦籌辦文學獎。從2009年正式開始下定決心要寫作後，寫作就變成是我最開心的事情。雖然詩、散文、小說，我都還在練習中，但我相信只要我一直寫，一定會進步的。

　　我也非常謝謝家人和朋友的支持、幼獅文藝寫作班的栽培、中央大學中文系的諸位老師的鼓勵與指導，以及瓦解詩社語婷、小縫、阿鬼、狐狸的革命情感。因為有你們，我才有更強大的創作能量。

母親

妳的體內有顆鬧鐘
隨心情改變行走的速度

鈴聲響起前
往往會有輕微的脹痛
提醒妳　即將抵達下個花季

朵朵紅蓮從妳體內旋出
參雜肉的殘骸
與妳一步步的開落
彷彿是經
滴答輕敲著木魚
於是妳聽見潮潤的佛音

每逢妳書寫自己的經
妳便被拒於廟外
流放苦海
回頭　仍看不見岸
也不能登上冰山

妳的經
曾是子宮內溫熱的花苞
未綻放時承載佛光
靈魂也能以此為巢
孵化尚未成形的肉身

經過無數個花季
某天，妳不再寫經

鬧鐘也開始啞了
才忽然想起花上的肉
或許　是一尊佛

妹妹

妳躲在鬼針草裡，遠遠的
聽見爸爸和媽媽在吵架
太陽踢綠葉子
鞦韆上的露水擦亮妳的眼睛

家門前的路燈黃得神祕
灑下無數的銅幣
在房子裡滾來滾去
而我還沒學會牽妳

氣球飛走了
我在家裡閃躲衝撞的銅幣
爸爸和媽媽還在爭吵
轉換氧氣成為口水
海洋淹沒房子
家裡沒有一條人魚

我還沒學會牽妳
就搬家住進海裡
敲響蚌殼當作門鈴
海水潮濕我的眼睛
我渴望看見乾燥的陸地

爸爸和媽媽的爭吵彷彿潮汐
我進化為兩棲動物適應
在潮間帶的新家裡
我的手長出蹼，不能牽妳
遠遠的，妳還是躲在鬼針草裡

評語

　　關於痛苦的描述自有無限多的可能，這位詩人的兩首詩歌〈母親〉和〈妹妹〉，是對兩位至親的描述，兩首詩在總體的把握上均衡並完整，寫痛苦卻不直接直露，只是圍繞著痛苦迂迴百轉，欲說又止，讓人感到了唯有詩歌才能傳達出的張力和感染力。（王小妮）

　　兩首詩作，一以母親為題，書寫女性覆育生命的特質，經血與經文兩相參照、子宮與佛光兩相印證，凸顯生命意義以及母姓之偉大，內容、語言與思想三者均臻化徑；妹妹一詩也能傳達對於妹妹之情深，喻意深長。（向陽）

　　這兩篇作品都很優秀，在語言文字和內涵上都具有相當高的水準。〈母親〉一詩，尤其把「經血」和「念經」聯結在一起，彷彿有「肉身成佛」這樣的見證，十分突出。

　　〈妹妹〉一詩，作者把姊妹情感、父母不和、親子疏離的情境交錯在一起，意象抓得很準，力道恰到好處。（洪淑苓）

　　作者是很會使用隱喻及象徵活動。不僅讓人又想起詩人阿保里奈爾而已，還有繪畫的色彩及豐沛的感官意象。詩在敘說著蒼涼豐富的人間故事。閱讀到作者在風格體裁殊異上掌握的能力、也看出創見及才情。（馮青）

　　隱在意象背後的是對死去妹妹的悼念，和對成人世界的厭惡，但詩人卻用略微戲謔的口吻，描述自己在口水海洋中進化為兩棲動物的窘境，其對現實的假意疏離和漫不經心的針砭。我個人認為，〈母親〉一詩弱于〈妹妹〉，完美無缺的語言和詩藝，由於觀念的過度強烈，使感覺難以準確細化和深入。（黃梵）

優等　余景

作者簡歷

　　余景（本名陳璟枝），臺灣南投人。十九歲時一個人到臺中市讀書，學生時期曾參加文藝社；現在，女兒是我唯一的「社長」。目前從事金融服務業，作品曾獲「耕莘文學獎」銀筆獎、臺中縣文學獎、臺中市大墩文學獎等。

得獎感言

　　女兒還小的時候，喜歡趴在客廳磁磚上聽我講故事。那時，我不只哺乳她，還要哺乳整個童話森林裡的小動物——當女兒八歲了，小鹿和貓頭鷹也都要跟著長大。於是我要忙著尋找新的蜂蜜，編造新的家族，不斷變換隊形，讓一個森林有無限種說法。不知道，這樣的經驗有一天也能轉換成詩，也能得獎。感謝風、感謝小雨，感謝主辦單位。

應許

夏天的女兒喜歡寫信給雨
或把自己也躺成瓷磚

單純感受故事中如實的冰河
這時，我坐在後面──熊的後面
哺乳書中的動物家族
讓牠們也有氣力
陪女兒抵達森林，熄掉最後一盞星星
又繞原路回來
抵達破損的客廳
將南方的蜂蜜倒在我的夢裡
雖然那唾液還有一些奶味
。在此之前
我的夢是嗜睡的

冬天的女兒喜歡某半島
像我喜歡在熱帶看太陽下墜
想像它有蒸發的聲音
或焦糖冷卻。儘管
離上一次旅行只差一張照片
沒關係，煙火也只在一個天空釋放
維持單親
。就在今天
女兒說要嫁給我
我手上的尾戒表示願意
以月亮的光澤應許

幸福另有說法

如果我要編一本成語詞典
我會說，紅杏是牆的鑰匙
不管你喜不喜歡
世界應該容許第三義

如果有什麼是光怪陸離的箱子
那一定裝滿我的唇
它們有些散落，有些盒裝
十年前有人徹夜搬運
以為可以換取等值的糖
然後他連天花板都貼滿壁紙
呵，有水草圖案的壁紙
說是這樣，幸福的保存期限
就會比水族箱養出來的夢
還要硬朗，雖然偶爾刮傷鱗片
或偶爾淹死
在這樣的銀河，每個夜
我都想著如何編一本女性詞典逃亡
用剩下的肋骨排列部首
架起長長的梯子，或另造新詞

評語

　　〈應許〉該作具備了把普遍的童女戀母情結，保存在形象中的能力，即通過俏皮描述的事物和意象，讓讀者感覺到言而未盡的母子深情。由於表述的新穎、有趣，使得常見的母子深情沒有淪為俗套、甜膩。〈幸福另有說法〉採用的意象缺少類似的靈動、準確。（黃梵）

佳作　彌唱

作者簡歷

　　彌唱，女，1969年11月生，籍貫上海，現居新疆烏魯木齊市，在政府教育部門工作。接受過音樂高等教育，平靜的詩歌寫作者，在詩歌中完成本真生命的體驗、靈魂的自由釋放和個體的流淌、綻放與超越。作品散見《詩刊》《詩潮》《綠風》《青年文學》《西部》等各種刊物，收入《大詩歌》等多種年度選本。首部個人詩集《無詞歌》於2011年10月由中國青年出版社出版發行。

得獎感言

　　都說「葉紅女性詩獎」是關於當代女性詩寫者的一種公正檢驗，她是一種殊榮，更是一種至真至純的肯定。能獲得這個獎項，我意外而欣喜。感謝各位評委老師的認可和鼓勵！作為一粒人間的微塵，我無以選擇生命的起始和終結、旅途的路況和指向，但我能夠在詩歌裡完成自己的宗教，皈依自己的信仰。此生能與詩歌相遇，多麼幸運！承受靈肉分離是詩寫者的宿命。在俗世奔跑，卻於自設的靈魂殿堂裡吟唱。我只能把塵世上不能實現的事物訴諸文字，用文字觸摸那些被夢境馴化過的生命理想。在詩歌現場，我抵達和愛，穿越共性審美情緒完成個性情感的確立，讓懸於天際與紅塵兩端的生命經驗在文字裡和解。感謝葉紅女士，是她賦予女性詩寫以神性之光。

倒敘

多年之後，我們依然
臨水而居。苦楝樹
又綠了一次，照亮
水面上的舊漣漪
──我為你保存的臉色
那深陷的印痕，盛滿
你給的月光和離歌
盛滿一個人反復練習的
低音。多年之後
我們依然隔水相遇
仿佛多年前的此時
塵世的回聲遼闊
從一個夜晚
到另一個夜晚

評語

　　語言十分純淨，象徵際法運用也純熟。寫舊情之纏綿，作者善用
自然物象，營造語境，使情景交融，情緒醞釀自然動人。（向陽）

佳作　張雅芳

作者簡歷

　　六年級生，東海中文所畢業。在山城長大、在海風強勁的小鎮跟高中生講韓愈、李白、鄭愁予。有非常疼愛我的父母，所以一路以一種不敢辜負的心情循著乖巧安全的路線長大。溫柔都在散文裡，叛逆都在詩裡。曾獲臺中縣文學獎新詩獎、菊島文學獎散文首獎。

得獎感言

　　有人問我為什麼總是注視著女者並尖刻地揭露當中的什麼。傲慢起來時我便說：因為我是讀婦女文學的人。

　　被肯定的快樂是虛榮的是自己的，但這個獎，我要獻給在天上的，我的論文指導教授鍾慧玲老師。

認屍過程

法醫說：
她嗜食芹菜但胃壁裡的化石
貢丸湯只灑胡椒粉

她的右腦貯存大量的詩
但右腦極小
左腦一秒內允許千組數字跳動
央行利率、忌日、最低菜價

純棉衣裙。誓言沾黏其上無法刷洗
鑰匙還在。夢裡總有一扇門關著
已經沒有非去不可的地方

後來她學會許多巫術
耳朵塞進一整條巷子的願望
在草叢裡就讓皮膚變成綠色
乾旱來臨，她默默長出肥厚的手掌

她的父親說：
這不是我女兒。她的鼻子沒有個性了。

她的母親說：
不。這的確是我的女兒。
她學會許多美德
她誤信
牧師面前，以愛之名

評語

　　這首詩用很簡潔的敘事說出一個女屍被法醫驗屍時出現；具社
會學角度勘查到的的種種生活習氣及死亡誘因，這被牽動的因素
內容包括有關飲食的象徵、文化認同、理想夢想破滅、社會的約
定從俗後的種種價值課題，看來這才是導致她死亡的深層因素。
（馮青）

佳作　葉語婷

作者簡歷

　　葉語婷，畢業於逢甲大學，現就讀國立中央大學研究所。九十七年成立地下詩社「瓦解」，創作以現代詩為主。

得獎感言

　　寫詩大概是一種「靈視」，屏除時間與空間的藩籬，讓那個脫離我的自己看見平日看不見的風景；或者與真實的自己擦身而過──永遠沒有辦法，與那個日常的自己疊合，她坐在床緣，冰涼的手掌覆上我的臉頰，而我在另一個人的夢境裡。

　　這次的得獎只是讓真實的我感受到一點附加價值，她在我的耳邊小小聲地說：「謝謝葉紅美好的詩作，以及葉紅家屬與耕莘文教院。啊，還有評審。」

　　我以手指觸碰鍵盤，紀錄那些可感的，而她在一旁，就要被凌晨的微光穿透。

妳以一種緩緩穿透的姿態

關於那種觸及
摩擦過後
詞語產生一點火光

（我們依著脆弱的光感覺彼此）

凹陷的橘色月亮
充滿陰影
自妳左邊的嘴角
靜靜
靜靜升起

尖銳的密林裡
毛茸茸的小獸吸吮著
輕微地呻吟

（我的聽覺逐漸成熟）

嘗試張開
聆聽一些脆的
剛剛墜落的果實

（妳站在接近清晨的地方
為所有事物命名）

月亮的顏色緩緩轉淡。
風撩起頭髮。
腳步踩在枯葉上。
石塊有節奏地相互撞擊。

一些火光。

我看見妳
在我的耳邊

（靜謐的湖泊
野雁自林間竄飛）

妳以咒語穿過
我的身體還躺在昨日
而妳已抵達今天

評語

    節奏舒緩，吻合題旨。對聽覺意象的掌握與鋪陳，細膩、優美
且很有層次感。整首詩的結尾意猶未盡，有遼闊的想像空間。（洪
淑苓）

佳作　那朵

作者簡歷

山東省平原縣人。德州作協會員。作品散見《星星》、《綠風》、《草原》、《詩歌月刊》等國內外數百家報刊。作品入選《新世紀十年中國詩歌藍本》、《中國詩歌精選100家》；先後獲第五屆葉紅女性詩獎佳作獎、「首屆中國黃果柑文化節」詩歌大賽一等獎、全國新農村詩詞大賽二等獎等二十多個獎項。

得獎感言

葉紅女性詩獎已至第六屆，我收到獲獎通知的那一刻激動萬分，我在第五屆時獲得了佳作獎，沒想到在第六屆又獲此殊榮，我心裡的暖是無法用語言說出來了，真心感謝各位評委對我的厚愛和鼓勵，在此，深表謝意。

對於詩歌，一直感覺很神聖，不容侵犯和褻瀆。只有內心乾淨的人，才能寫出好詩。生活是粗糙的，但是感受可以很美，即使粗糙的美，大氣的美，雄壯的美。來自生命體驗的美妙感覺，更像是珍寶，需要極力呵護和珍藏——某些珍藏一旦示人，就再也不是珍藏。

好詩要有「觸目驚心」的美。能夠「隔空傳音」，撥動心弦，能夠「感時花濺淚」。好詩更貴在耐人尋味，能夠「常品常新」，每次都會味道不同。在我，一首好詩，如同閨蜜，能夠一語道破珍藏多年的小祕密。

在詩歌的路上，不允許我有任何懈怠。最大的夢想，是要把最好最美最讓人疼的詩句，拿出來。

最後祝福葉紅女性詩獎越辦越好，祝賀所有的獲獎者！

舌尖上的愛

我愛過的小草、房屋以及燈光
愛過的葉尖上的露珠、花蕊上的小蜜蜂
都是一個點，組成我生活裡的省略號

歸攏、壓縮，小心地呵護
我要把眾多的愛集中一點來安放
它的立錐之地就是我的舌尖

我允許愛的呻吟和偶爾的尖叫
但不默許愛招搖過市
我不允許一個錯誤包庇另一個錯誤
更不允許一個問號接著一個問號

我說出一個字，它就張開翅膀飛翔
我閉上嘴，它就收攏花瓣

在奇妙的時刻，替我
閉月羞花

這個世界很大，屬於我的很小
但我決不會讓
有毒的信息蟄疼或誤傷我的愛
我只伸出雙臂，做另一個圓
守住這些嬌嫩的芽尖

評語

　　小的，細微的，感性的切入點進入，再展開詩，由此打開一個
寓意深長的世界。微小卻滿溢，使詩意得到持續的延展和推進，這
寫法有些難度，它必須有一個展開的過程和空間。（王小妮）

佳作　周冠汝

作者簡歷

1991年離開肚皮旅行，現就讀於政治大學斯拉夫語文學系。曾入選余光中散文獎及臺北文學獎青春組新詩佳作。不怎麼喜歡寫作文。喜愛在外文對話書寫中模擬各式情境自娛娛人。日常生活中總是伴隨著數不清次數的過橋與爬坡、日曬雨灌外加風力推拿。書本文字之外，除了允許想像力在空中飄蕩，我將雙腳紮入土裡生長著。此時此刻，面對螢幕敲敲打打偷閒打盹用功放空念念有辭默背靜坐搔頭嘶嘴專注閒散出廁所入飯廳，呼吸吐納，像往常一樣。

得獎感言

白日，在陽光的照射下甦醒，眼睛有些刺痛，察覺有足夠的力氣起身下床，心懷感恩。慶幸色彩與音樂進入我的生命，可惜沒有能力作曲作畫。好在是個識字的傢伙，還保有些許浪漫和說故事的能力。很感謝學校的老師還有特別的曾經。摯友與家人的調侃與恐嚇也是我成長的動力。系上專業接觸的作品使我感動，厚重不失趣味，輕薄卻餘韻無窮。俄籍老師讀詩的音調起伏、情感投入，讓我深刻體會到詩歌中真摯渺小的情感。寫詩實在是一件自私的事情，直到另一個人將它讀了出來，使僵死的文字成為波紋，撞擊出情感的漣漪，才能與人群連接在一起。非常興奮能獲得肯定與共鳴，為信心儲糧多添一筆。因為不久之後，我就要離開房間、離開椅子，往萬千世界的大海航行。

日照充足的房間

小小的鏡子、小小的盆栽，還有小小的
奶嘴。小小的衣服、小小的手、大大的
——窗戶。沒有鐵柵的窗戶。
近看，伸長雙手便可抓著嘉年華會的七彩國旗
遠眺，天邊小鳥環繞的藍色小屋

小小的鍋子、小小的流理檯
矮桌下散落的青椒、紅椒、黃椒，還有
蠟筆。軟木板上的照片被畫了兩撇鬍子
沒關係。刮鬍刀是不必要的
唉呀，怎麼把手帕綁在一起？
原來在做領帶啊

夏天到了，陽光從大大的窗戶入侵後
便再也不出去了
房間成為一個小小的烤箱
好在有風，偶爾
可以乘著考卷飛翔

小手將小小的便條紙一張又一張貼在大大的窗戶上
便條前一雙大大的眼睛、小小的嘴巴
咕噥起氫鋰鈉鉀銣銫鍅

又朗誦起上邪、一剪梅
月光接替著太陽
穿透薄薄的便條，跌入

秋天來的時候，小小的手提著大大的皮箱走了
便條如秋夜，在晨光的纖塵中翻轉、墜落
小小的帽子下小小的腦袋，回頭仰望
在頂樓空中隨風翻飛的衣物中尋找空隙
看見大大的窗邊，媽媽變得好小好小
小小的手放下皮箱揮了揮，消失在藍色鴿舍的方向
沒什麼好傷心的，應該快樂才對
大大的房子、有著無數的窗戶
那就是屬於你的地方，孩子

評語

　　敏銳捕捉到了語言的音樂性，作者在輕鬆浪漫的抒情中，漫
不經心完成了對成長史的敘述，強烈的抒情絲毫沒有影響及物的
描述。（黃梵）

佳作　恣語

作者簡歷

本名劉素杏，中文系畢，曾任國語日報語文中心作文老師、國中老師、有線電視企劃及媒體公關、特約採訪。

喜愛並持續創作，以新詩為主，九十五年出版「自在飛花輕似夢」一書，新詩作品散見於笠詩刊、青年日報，並曾獲華山新詩獎佳作及懷恩文學獎優勝。

得獎感言

當自覺不再幻想童話故事實現的那天起，書寫，就了我構築自由的另一部童話。而詩的語言，沈默、柔軟，卻能輕易的穿透時空，慶幸自己還能藉著她撫觸最敏感的內心，找到平衡的力量。得獎了，在童話的倒數第一頁，我將寫上：「未完，待續…。」

魚販和他的情詩

那個魚販總是不忘醒來
在季節的偏頭痛裡，拓印
從魚鱗裡灑落的詩句

尾鰭不斷的搖擺，煽動著夜
讓星子都碎了

情節卡在無法吞嚥的某處
深邃的情緒蠕動著俎上待宰的魚
腥味和密封的焦慮，正一刀刀
分解鱗片上的光輝
那是情人裙襬綴滿的對吟
黯淡了，只剩下潮溼與鹹味

頹廢的辭藻，鋪成沙灘的腳印
魚群繁衍著鑽游的相思，隨魚鰓
吐出氣泡索引，落款成溫柔的章節
而過鹹的海水，卻掂不出沈壓脹滿後
鮮度嚴選的標價與豐腴的夢境

嘈切的市集依舊佈滿沈默的魚
被光陰肢解的情詩，彷彿在網裡掙扎
企圖以僅存的餘溫，躍入剁碎的字海
打撈，魚販丟棄的那些往事

評語

　　構想奇妙，把魚販當作主角，一向被視為愛情象徵的「魚」，
在這裡也有了很新鮮的譬喻。情節、辭藻、章節、索引等詞彙，對
應於魚的種種處境，讓我們讀到個中人的傷心處。（洪淑苓）

第七屆葉紅女性詩獎

蝴蝶斑‧槐花落

財團法人耕莘文教基金會
耕莘青年寫作會

首獎　夜魚

作者簡歷

本名張紅，出生於江蘇鹽城。後因家庭變故，舉家遷居武漢市，從事過銷售，文員，講師等工作，現為武漢市作協會員，家庭主婦。

2007年自上網建博起開始詩歌、散文、散文詩之類的純文學創作，作品散見《詩刊》、《詩歌月刊》、《青年文學》等幾十種文學刊物。並入選部分年度文選，獲得過大大小小的一點詩歌比賽獎。暫無詩集出版，雖然數量已經足夠。

得獎感言

這收到獲獎通知，首先是驚訝和意外，我本來估計這份稿件太輕，沒等到飛渡大洋，就給風捲進了波濤。平靜了幾分鐘之後，更多的就是感動了。幾年來詩歌路上的彷徨與堅持，寫作過程中的痛與快樂，讓被認可和肯定的這一刻顯得如此珍貴。我感謝各位評委老師的鼓勵！感謝主辦方、評委會以及所有工作人員的辛苦工作！感謝葉紅女士！以她的名字命名的這個獎公正透明，鼓舞了一批又一批女性詩歌寫作者。

浮世紅塵，負累與拘束是我無法躲避的，所幸詩歌給了我靈魂的自由。讓我能化開疼痛，抵達愛與和解。同時通過努力讓個體生命經驗成為共性審美的過程，又給我帶來了驚喜，和更為豐厚的精神財富。

蝴蝶斑

就在右眼角下，我們的蝴蝶
用相同的黑色翅膀
抖落淚滴

姐姐，多年前，蝴蝶還睡在蛹裡
我們還長在盛放月亮的井邊
你握一把無色無瑕的小刀
對一張被你完整剝下的青蛙皮，沾沾自喜
那暗綠的花紋，肉紅的蛙肢，讓我噁心
是的，我們的恐懼很多時候不一樣
唯一的一次吻合，是面對一副
再也長不出鬍鬚的下巴
那是我們父親的，越來越小的父親
我們翻找了一萬棵野草也找不到蹤跡的父親

母親總是忙碌，忽視了追趕我們的蝴蝶
姐姐，我的蝴蝶陰影呈現出和你不同的質地
你迄今不知道，我曾扯脫過一個男人的袖子
那隻裸露的胳膊，像極了剝皮青蛙
我大口大口地嘔吐，翻江倒海的夜晚
你正氣順心安地修補著另一隻男裝袖子
姐姐，為此我發誓不對你洩露一個字

但我預言了你的青蛙
他將掙脫你的手指，跳到野地上蛻皮
在撲扇撲扇的陰影下
那上躥下跳的青蛙，顯得多麼滑稽
我們懶得描述，不僅是因為
我們都有疲倦得稀薄的嘴

槐花落

白色槐花
落在黑頭髮上
你拈下一朵
側著臉對他說：
像不像一隻天鵝
那一刻，槐樹茂密的綠蔭裡
撲簌簌，飄墜下好多的翅翼

歲月不斷複製，不斷累疊著
香甜的畫面

背景悄悄地變換：
舊房子轟然倒塌

腳手架、廣告牌取代了樹蔭
槐花漸漸絕跡，而他的臉
早已模糊成一張揉皺的宣紙

可你還是喜歡將所有白色的事物
看成翅翼
譬如，在那個流連了多次的婚紗櫥窗前
你篤定，看見的是一隻天鵝標本

你並不知道啊，這樣的哀傷
像一串串槐花，點亮著前朝的廢墟

評語

〈蝴蝶斑〉殘缺的愛像臉上的蝴蝶斑，破壞了生命的完美。這
首詩透過青蛙皮令人不舒服的意象結合不愉快的生命經驗，描寫痛
苦與黑暗的遭遇，詩情與形式充份結合。

〈槐花落〉此詩透過對比手法，黑髮與白色槐花相對映中，把
婚姻如白色天鵝般的夢想透過槐花的白色點出，但經過時間的流
逝，年華老去與事物的消融，人事已非的哀嘆，在槐花依舊開放
中，點染著哀傷。（李翠瑛）

蝴蝶斑作為沉降在皮膚上的色素，只是一個媒介，它所轉述或
象徵的是非仁非義的男女關係。該詩技巧出色，只是過於隱晦的象
徵，減弱了該詩的感染力。相較於〈蝴蝶斑〉，〈槐花落〉則單

純、明晰、感人，意象準確。（黃梵）

〈蝴蝶斑〉這首詩鐫刻下作者心靈的一些暗疾，包括對上一代父母命運的觀察，最終在姐妹情深的生命過程中，獲得了超越存在的、來自愛的和解。〈槐花落〉是一首比較安穩的抒情詩，生活背景、時間的流逝，都無法改變年年盛開的槐花的潔白，也無法改變一個女性內心的純潔和夢想。（藍藍）

〈蝴蝶斑〉和〈槐花落〉這兩首詩，前者描述一對姊妹的童年與情欲遭遇，間接暗示女性成長歷程中的波折、風險與無奈宿命；後者描述一名女子對愛情以及象徵愛情之婚姻的無悔憧憬，間接表現出女性對於情感的韌性與近乎本能的執著。

對情節的鋪陳均十分老練，在語言的選擇、意象的經營與象徵的應用上也靈活自然，特別是對情感的表達平穩內斂，細膩精準，充分掌握了詩情詩意的本質與女性書寫某種悲劇腔調。（羅智成）

優等　徐紅

作者簡歷

　　徐紅（白雪），大陸當代女詩人，中國作家協會會員，在多家知名媒體開有專欄。榮獲臺灣第三屆「葉紅女性詩獎」首獎、聯合報文學獎和安徽省政府社科文藝獎等獎項。作品被國內外權威報刊書籍大量選編，著有《水的唇語》。接受過《詩選刊》《詩歌月刊》《新安晚報》《六十七度》和臺灣《聯合文學》等知名媒體專訪。2010年作為由臺灣中華發展基金管理主辦，耕莘文教基金會邀請的大陸首批三位訪問駐站青年作家之一，出訪臺灣。

得獎感言

　　天使之愛！我曾在〈欲望天堂〉中提到了它。三年後，我又在〈放生〉中再次提及。我要感謝葉紅詩獎為全球華人女性作家打開一扇觀照生命之門。在欲望之海，紅塵之海，我們渴望乾淨，美好，善良的人性。

　　謙卑，恩慈，溫厚。如光傾倒在黑夜裡。輾轉流年，世界在期待中生長。

　　水，生生不息。一切都在開始。我不是在近旁，是從「孤獨」和「永恆」中凝望：一代一代人的世事滄桑。疼痛。奢華。更迭。沉浮。新生。

　　我祈願每一個人！男人和女人，老人和孩子都在塵世中過著簡單的幸福生活。

　　月圓之夜。神說，今天是第一日。神說，「道成了肉身住在我
們中間，充充滿滿的有恩典有真理。」

　　我喃喃低語：謝謝上蒼！在今世，「我」出生；在今世，讓
「我」遇見你，遇見你們。

──2012年9月30日中秋節於安徽

塵世之美

暮晚有幾隻鴿子在飛。梧桐樹散發清香。
年輕的女人在廚房裡準備晚餐。
盤子裡有水果和麵包，灶火上煮著香濃的湯。
多少年過去，親人近在身旁。膝下的孩子一天天長大。
在這蒼茫的人間。滿天星光，草木青了又黃。
生活是多麼簡單的幸福。
「塵世之美，像果子包著核。光傾進夜。」
凡美好的，神都垂愛。

放生

樹葉落下來。寺廟的鐘聲在霧靄中敲響。
當影子愛上寂靜。一滴血溫柔又孤獨。
光在黑暗之下洶湧，悲憫之水分開了兩重天空。
水在痛苦的子宮棲息。
我是一粒魚卵，開始於一場病，降生於一場懷念。
果實的祕密，芬芳的奇蹟，你的唇是幽暗的火焰。
一株水藻，從天空垂下雙手。
一條魚，渴飲的水眼睛。
生活的刀刃多麼美。當鱗片撕裂，
人魚割開身體的魚尾，以女人的姿態行走世間。
——願諸神慈悲加持，憐憫護念。
祝福皮膚裡的陽光和鷗鳥。祝福完美和殘缺。祝福愛。
榮辱碎裂在肺腑裡，嗚咽在嗓子裡。愛恨悲喜在肉身裡。
宿命是海，在道德規範和社會的水中月之間。
哀悼或讚美，在你眼睛的深潭裡一點點破碎：
「我不是一個天使，太美轉眼就消失不見。」
「我渴望的心像罌粟和傷口。」
「這是一個意外，魚網被我們網住，獵物殺死了子彈。」
「你可以打開以後再合上，就仿佛沒有打開一樣。」
一個女人身體裡有多少海水，就有多少潮汐和鹽粒。
內心豐溢。那灰暗的海岸線令人迷醉。
被欲望之手壓迫，我如那隻魚飛進人的靈魂。

喝生命的水，啃良心的麵包。

「一飲一啄，莫非前定」①

「我和愛、善良與痛苦簽訂了終身契約。」

悲歡離合中，我們沉湎於網中的餌。

魚，或者漁，受難的水在哭泣。

夜的光線，請用包容與寬憫觸摸這明媚的笑顏。

生活的利爪掐進肉裡，痛也別出聲。

岸上的魚鉤總要抓住點什麼！赤裸的天真，焦渴的罪，

純潔的思。熱土，文明，殘缺的讚美。

天使之愛。溫潤如玉。流年。恩慈。情義。

女人尋著根的血脈溯洄而上。疼痛的魚遊弋於紅塵之海。

謙卑是上天對人類的一種恩養。

我的呼吸夾著冰，悲憫的肺葉裡灌滿沉沙，

心靈的饑餓漾滿了疼痛。

欲望之嘴吹奏的笛子讓我病得厲害。

我看見救贖和仁慈遊蕩在大地的孤獨之上，

在幻境中，想像魚越過魚的歌唱慢慢變老。

海上泛起泡沫。不知魚的戰慄和驚怯。有人在幸福地笑，

笑的不是那個人是一條魚離開烹鍋和烈焰的夢想。

①注：典出《莊子・養生主》：「澤雉十步一啄，百步一飲

評語

〈塵世之美〉描繪幸福、祥和的生活景象，以應和詩題的提示，結尾兩行試圖對全詩的提升，或說賦予的言外之意，落入說教。〈放生〉一詩有著深刻的寓意，放生本是還自由給魚，但放生的魚，最後又被魚鉤鉤起，成了烹鍋裡的美味。（黃梵）

這兩首詩都在寫人世間的愛和悲憫，寫具體生活細節中的對愛的發現。〈塵世之美〉語言簡潔質樸，日常生活場景與時間的流逝中凸現了人性之美和作者的價值觀，顯示出作者對生活的洞察力和選擇典型細節和場景獨特的能力，也通過短短的八行詩表現出宏大的主題，充分體現了作者對於語言細微的控制力。（藍藍）

作者在〈塵世之美〉傳達出某種單純、質樸的生活美學與詩學，但是在〈放生〉中卻有更令人驚艷的表現。（羅智成）

〈放生〉以「魚」、「水」、「人魚」意象謀篇，寫情愛慾求之病與隱隱覺醒。
流水日常的〈塵世之美〉，平淡描述參夾思考，結論雖稍顯具體，但簡單的文字寫簡單的幸福讓人心喜。（陳育虹）

佳作　高自芬

作者簡歷

　　出生於臺灣基隆，臺灣大學中文系畢業。曾任教師、雜誌編輯。目前自由寫作。作品曾獲梁實秋文學獎、蘭陽文學獎、花蓮文學獎、葉紅女性詩獎，國家文化藝術基金會散文及小說創作補助。著有插花小品《花顏歲時記》，散文集《表情》、《吃花的女人》及《太魯閣族抗日戰役》（合著），最新散文集《東部來的末班車》計畫出版中。

得獎感言

　　最理想的狀態，是詩從天上滴落，沾滿活生生的生命特質，謎一般地展開；我趁機把它塞入口袋。

　　拜倫說，「如果能被稱作詩人，那是因為希臘空氣的緣故。」

　　我想說，如果能被稱作詩人，那是因為基隆和花蓮空氣的緣故吧。

　　基隆長大的我，港邊來的女孩。長髮被海風吹著，一些細微而永恆的鹽在為我保鮮；而前幾年樓居的後山花蓮到處都是詩（和詩人），我們和文字跳舞，偶爾呻吟，每天打開一個新的花園。

　　但無論如何，能寫成一首美好的詩是幸運的。

　　希望在變成被日光烤焦、溫水煮熟的青蛙之前，仍然保持蛙皮濕潤。

　　繼續壓縮生命的多層膜透出一種很大的張力，創作新奇、美

麗、精緻又活蹦亂跳的詩。

　謝謝主辦單位！
　謝謝評審老師！
　謝謝親愛的朋友和家人！

手心
——給母親的短箋

帶她航行峭壁聳立的寧靜海灣

媽媽的手心有點冷
一種柔弱的植物
正纏繞她曲折的生命線

遠處有光。霧散了，鳥兒歡唱
落在黑色的彼岸花。花蕾沈默
媽媽不休息地睡眠

媽媽的領土很乾淨
呼吸照護中心三樓角落是
她的祕密花園。時光逆流

淡藍氣切管，空氣新鮮。滴　滴　滴
米色牛乳（全脂或低脂？）灌溉鼻胃管的黑夜與
白天。偶爾有風

請拉著我小小的爪子過街好嗎？
食指柔軟輕觸我手掌的心
傳遞咒語和密碼（車來了！快跑！）
如此幸福的一天

又一天
啊！
我聽見金屬毀滅的轟鳴（媽媽睜著一隻眼，
卡在死亡座）

死亡，你的刺在哪裡？

在妳手心
我描繪一個媽媽，使得
別人的媽媽不可能再像她

評語

　　此詩最大優點在敘述技巧上的安排，作者從植物人的母親的手
心寫子女對母親的孺慕之情，透過手心的觸感輕撫著生命線，詩意
雙關，描寫細膩。（李翠瑛）

佳作　曹惟純

作者簡歷

曹惟純，人名類專有名詞，徒具指涉特定個人之用，尚無其他值得進一步說明之意義或內涵。

得獎感言

以詩的形式被看見且從中得到鼓勵並不是經常發生，至少對我而言是如此；謝謝評審。從辦公室起身走到郵局，親手將註明了「參加第七屆葉紅女性詩獎」的信封交給半生不熟的櫃檯小姐，並不是件容易的事，至少對我而言不是；感謝促成當下這一切的種種人事物，儘管我難以覺察到的總是遠多於我能留意到的。

以遺忘抵抗遺忘

我相信時間仍在妳的體內
像剛被拆解的舊毛衣
整團無法拉直的線
只是我們早已不再將雙臂伸向妳
一起從頭收攏那些糾結

以自己為線軸緩慢迴旋
妳並未放棄
依然安靜地編織
沿著崎嶇路線
重新鉤出過時的花樣

我們試圖剪開層層疊疊的結
挖除穿引遺忘的孔眼
遺忘不是應該更安全些？
無知無疑，接近純白
如同我們對妳僅有的印象
那種吃慣的口味
彷彿身體的一部分
只有挑剔時才從語言裡浮現

我們帶著各自的知與疑
住進妳空洞的病情
痴或癡其實是同一組迷宮
而我走著走著似乎更懂得了
編織，陰性的幾何學
在移動中親手丈量空間的生滅
無處存放的結與解
妳纏繞的不是記憶的困繭
是一件又一件不合身的新毛衣
扎得我們又癢又刺

穿脫之間摩擦出靜電，閃瞬消逝
以遺忘抵抗遺忘

評語

　　寫失智者，其間的無奈，只能問「遺忘不是應該更安全些？」
全篇意象集中，一句「編織，陰性的幾何學」彷彿點出女性如何必
須在一針一線的日常中，求得平衡與對稱。（陳育虹）

佳作　若爾·諾爾

作者簡歷

　　企業管理博士，任職於美國西北大學（西雅圖），執教營銷策略服務業務管理課程，也是臺灣詩學《吹鼓吹詩論壇》版主。年少時期開始創作，曾與詩友出版合集《花開陽光好》，入選本年度《世紀吹鼓吹：網絡世代詩人選》。

得獎感言

　　我窩在世界一個小角落寫詩，默默地寫，靜靜地觀察所寫下的詩句，會不會發出小小的亮光？我寫著寫著，不知不覺來到這裡，看到你們也在寫。忽然，一股莫名的觸動在我心裡漾開。有什麼比詩，更能牢牢牽繫女生細膩的心思呢？我們未曾相識，但是我們的詩句在這特殊的園地，已經私下交流了。

　　誠心與每一位參賽者分享這份榮譽，願這一生能繼續在詩裡跟詩友們共勉。感謝臺灣詩學同仁和《吹鼓吹詩論壇》提供一個優質的詩壇，培育分散各地的愛詩族；感謝評審以及耕莘文教基金會，辛苦了！神的恩典夠用，祝福天下的詩人。

在海邊放一張床

在海邊放一張床
期待漲潮時浮到海中央
順利把你生下然後海葬，允許
歷史淺擱在最後一個港灣

彷彿，你還在腹內玩水
小小的腳輕輕地踢開
所有對命運的修辭
你摟著一塊細小的漂流木漂流木漂流木
問我它怎麼會有一雙紅眼睛

蜷縮我確信那浪花是你多形體的玩具
嘩啦嘩啦地試探子宮的彈性
拉緊即放鬆，然後又趕緊勒住
勢必把焦距放到來生
你才甘願標記親情的刻度
展開一個光年以外的笑容

對你的任性，我無助地包容
在一次措手不及的奔流
你從虛弱的隧道滑出來

用私屬的解脫來抗拒
用血液把信仰充滿

終于，你乖巧地回到夢裡
說要在海邊放一張床
要我和小熊陪你數星星
還要媽咪在月圓之夜
別忘記給你放紙船

評語

　　以海洋的意象掌握生命孕育的起點，始於海洋，終於海洋，最後母親在夢中的海邊放一張床，給孩子最溫暖的安慰。（李翠瑛）

佳作　小令

作者簡歷

　　本名汪丞翎。1991年生。2011年加入好燙詩社。長期於《衛生紙詩刊》發表作品。

得獎感言

　　那時剛下火車回到宿舍，寢室無人，同居的查某們全跑去唱歌。一個人在房裡整理行囊，安置好新買的盆栽後，隨手點開信箱。得獎通知的信件躍入眼簾，世界開始飛旋。第一時間緊摀著臉，逃難般衝離電腦桌前，同時嚷著：「天哪天哪。」完全失去思考能力，頻頻下跪俯首又起身，仍舊只說得出：天哪！拜月老都沒這麼虔誠！

　　詩友鶇鶇曾提過，看我的詩會聯想到一個人在馬路上，露出很想哭的表情，可哭不出來。反覆咀嚼〈駱駝〉與〈喝水〉，皆以傻氣的方式面對自身問題或無法長久維繫的人事物。那種安靜掙扎的感覺，大概就像鶇鶇所說的欲淚還休之感吧。最後感謝許榮哲老師曾對我說：「對喜歡的東西，要給它一百次失敗的機會。」

喝水

過軟的閘門乾成
斑駁的壁畫
妳沒有心思參透紋路裡的餓
妳的閘門肉欲地起皺
妳以為妳渴

瘦瘦的兩道門溢出
同牛奶酸掉的毀滅氣味
妳把太多野貓的尖銳收在裡面
它們吃食彼此，但終究還餓
妳相信那真的是渴

妳的門剩條縫
僅剛好夠條蛇通過
妳黑黑的甕像想起了什麼
開始用力作嘔
妳思考餓的選項但一切太遲

兩瓣葉狀的紅色果肉
刻著直直的雪痕
就著水杯
拼命開闔

評語

　　文本清晰而簡潔，卻充滿多義與歧義的張力，在濃烈象徵氛圍的暗示之下，發出了遠超出題目的訊息，它們所影射的饑渴，都讓人聯想到對肉體與情欲的耽溺或逼視。（羅智成）

第八屆葉紅女性詩獎

內外之間

第八屆葉紅女性詩獎特輯◎

首獎　李鄢伊

作者簡歷

　　1984年生，臺灣宜蘭人。大學時代學了怎麼寫詩，就偶爾寫點詩。一直在中南部漂流，雖然習慣了燠熱的天氣，但依舊是那種喜歡雨天的人。

得獎感言

　　引用李維菁在《我是許涼涼》裡面寫的：「老的殘的弱的被唾棄的被遺忘的，我都明白那是我真正靈魂上的同類。那些不被愛的、鰥寡、孤獨、瘋癲、癡傻、執著、病態、被放逐的，我是他們的一份子。」

　　這種感覺並不因為我出社會，有了固定職業，念研究所，得了獎項而有所改變。常常有人看了文章或是詩，問我那是不是你。我說對，那就是我。

　　謝謝評審及所有人，我相信一直寫，「我」跟「我們」終有一天會被聽見。

內外之間

或許我們是水生漂移的種籽
可以橫越空間的海灣而來
自炎夏進入另一種燠熱
陌生的語言是鯁在喉裡的潮蟹
拚命搔抓
我反覆訓練牠的語法
終於可令自己如牠一般安順　不論晝夜
說標準的國語
標準的
語言是固定的裝備　當我們決定這樣永遠跨越了疆界
決定在島嶼上綻放自己的芳香　日夜裡裸裎盛放
但不論花香如何與月色調和
他們總把我們的面容從霧色中篩取出來
我們有南方的梁骨　眉眼有南洋的角度
以及語言遮蓋不了的外籍神情
即使我是開始生根了的
吃食此地空氣　試圖融入島的歷史
可我還是同我的孩子站在土地的邊緣
在灰色的空間裡　行走坐臥悉如他人
悉如日常地公轉自轉
時間在鐘盤上奔轉
我們的根莖在土壤裡蔓生蜿蜒

盛開的自己是一種常青的存在
日光在密密綻放的身上流淌
時間在鐘盤上奔轉
流著兩種基因的血脈在孩子胸口騰湧
在眼神流眄中
從稚兒轉為茁壯　在時間裡
我們悉如日常的公轉自轉也會有些許挪移
有一天旋入島內的新軌道
從內子是外人　成為各種意義中的自己人

立體空間

我讀報　仔細咀嚼那些字眼：
同性　雙性　直的QC酷的　熊
宇宙　高跟鞋　冬天　並非有病的　彩虹

這些字從詞彙的海浪中浮出來
唸誦時有種耐人尋味的質地
這些字眼被擱在心上　被固定的血潮淘洗
我不知道　那些就是開端

彼時我在課本上刀刻一隻又一隻蜘蛛
漆黑、陰暗、多腳地從紙頁爬出
她看了很驚訝，卻不吭聲
那種沉默文靜乖乖牌的女生課本竟爬出
幽闇的生物
我喜歡這種落差　也喜歡她
當她叫我也替她刻一隻蜘蛛
八隻絨毛的腳折立而起　我的世界也變立體了
遂多了許多空的地方　容納那些字眼以及
隱晦的快樂與哀傷

評語

　　在〈內外之間〉，詩作者講述了一種辛苦艱辛的「融入」歷
程，這首詩換個角度讀，不只是意象精準，還多了些「公民詩」的
文化論述意味，作者非常的清晰自身的位置及價值，她辛苦的學會
島內的語言「不管是國語或者河洛語」，卻有著「可我還是同我的
孩子站在土地的邊緣」的辛酸。（馮青）

　　〈內外之間〉外來移民在臺灣的困境，給詩歌提供了一個內外
之間的寓意，不是內也不是外，而詩人得到的是夾生飯一樣的安
頓，語言在通行中也有了外來氣味，個人的生活史復現了移民史，
這些都用快捷、概述的意象，得到了準確描繪，讓人讀後感同身
受。〈立體空間〉則把一個文靜女孩的內心，描畫成張牙舞爪的蜘
蛛，可以看作是為自己茫然無措的生活，重塑一種女性的自尊。
（黃梵）

〈內外之間〉饒富深意。〈立體空間〉乖乖牌的女生因為閱讀而打開視野，萌生女性獨立意識，非常符合本詩獎的主旨，相當值得肯定。（洪淑苓）

從這兩首詩的題目可以清楚發現作者喜歡從空間思考問題，〈內外之間〉一開始即說自己是水生漂移的種籽橫越空間的海灣而來，〈立體空間〉最後說蜘蛛八隻絨毛的腳折立而起，世界也變立體了。（蕭蕭）

讀〈內外之間〉，我們讀到了一個漂移到異地的女子在陌生的環境中努力在語言、面容、行動等種種層面上自我訓練、自我改變的事實，這是生活的事實。

〈立體空間〉，完全私密的閱讀體驗，完全私密的情感脈絡。第一節點出的「同性」「雙性」，在第三節得到呼應，那一隻又一隻蜘蛛，彷彿性的隱喻，性的期待，使女性的生命情愫立體而豐富。這是一首闡釋空間比較大的詩作。（安琪）

優等　廖佳敏

作者簡歷

　　七〇年代出生於雲林縣他里霧小鎮。

　　中山大學畢業後，任教於南瀛，現今是國立白河商工國文教師。

　　大一時的首作，獲中山情詩獎第二名。

　　2011年重新在臉書上塗鴉練筆，詩作收入文化部（舊稱文建會）山海戀練習曲。

　　2012年獲桐花文學詩獎、愛詩網人氣獎。

　　2013年詩作入圍宗教文學獎決審，同年獲臺南文學詩獎。

得獎感言

　　身為軍人子女，我從不輕易落淚。但收到獲獎通知的當下，再也無法抑制激動的情緒。兩首詩作，蘸著長長的兩行淚水來寫成。去年此時，姐姐離開了癌疼，結束短暫的一生。她，終身以我為傲。相信遠在天國的她，依然捧讀我為她所寫的詩。今年此時，以兩首詩作，獻給我最親愛的父母，沒有他們默默的支持，不會有走筆寄託心靈的我。更感謝葉紅前輩的遺澤，給了華人女性專屬的書寫舞臺，讓後生得以盡情揮灑。最後要感謝我的啟蒙老師——鍾玲教授，是她引領我一窺現代詩的堂奧。人生路上的恩人太多，無法逐一致謝，只想向所有好友們吶喊：「因為有你們的支持，才有浴火重生的佳敏。」

阿茲海默進行式
——致飛官父親

當海馬迴斷訊，時間傷口發炎
過冷的記憶開始緩慢變形
而濃霧籠罩大腦皮質，迫使
方向舵偏斜，飛機已掌握不住藍天
如何從夢境的基地安然著陸？

顛倒日曆，重新排組
沿著歲月遺址拼湊父親的記憶版圖
（紙飛機降落在東經28度北緯23.41度）
一隻竹蜻蜓旋起一個笑靨，無數的竹蜻蜓旋起
凌亂的時間與空間，神情恍惚

沙漏倒轉，倒轉父親成天真的孩童
將生命碎屑旋進萬花筒，夢與現實同時滾動
三稜鏡切換往事，七彩彈珠褪色成灰瞳
一彈指，順著滑梯溜走
父親，您可記得我？

一枚飛官勳章閃耀過父親驕傲的胸膛
而時光亂流打散記憶風向
航道顛簸歲月，測量不出憂鬱的座標

（紙飛機自夢境旋起一道道銀光）
我在父親遺失的昨日中等候
那熟悉而疏離的臂膀

時間逆流，沙漏再度倒轉
我願揭起時間真相
成為高速轉動的陀螺儀
以雙手導航您，穩穩地走回故鄉

為妳送行
——悼亡姐

不讓嗎啡稀釋僅存的記憶，妳與癌疼等速離開
九十度躬身，是無法安寧的歉意與痛楚
冷鋒過境妳未及合攏的口，永夜降臨
無法發聲的悼文，將淚痕摺成一朵朵紙蓮

當妳沉睡，世界以鐃鈸、以哨角加速喧鬧
經文愈唸愈急愈難懂，敲響木魚上下跳動來轉譯
我嫌惡妳唇色過艷，立領的鳳仙裝太過時
抱怨妳的杖期夫策動訃聞漏掉胞兄妹名字
我將詩集放在妳的左手邊，微調妳重度近視的眼鏡
一再拿起，又放下

兩盞喪燈，如何照亮絕版的人生？

四寸釘輕輕鎚落，避開妳濃稠的睡意
白幡揭起魂魄，要肉身哆嗦緊隨
快快跟上呀！我的姐姐
拜請佛陀接引妳到極樂，如願
如願，落厝在妳一度削髮為尼的佛堂

我們曾經彼此複製，閱讀相同書籍仿寫日記
除了冥陽這條路，妳不曾抵達過自己
當生命進入最後讀秒
妳揚起嘴角笑說：「來世，換妳當姐姐。」
我噙著淚水頷首

火光照亮妳，這趟沒有歸期的行旅
父之骨、母之血，妳讓稚子延續
戶籍員斜劃名姓，註銷妳
曾經存在的證明

評語

　　這兩首詩其實都是悼亡詩，詩中人物前一首是得阿茲海默症的
飛官父親，他再也無法從夢境基地安然地著陸，他的沙漏倒轉，飛
官父親成了天真的孩童。〈為妳送行〉，是為其亡姐，一位較傳統
忍隱婦女的寫照，而一切都在戶籍員斜劃名姓之餘，註銷了她親愛

的姐姐存在的證明。（馮青）

　　飛行的父親（亡靈），如何與大地上的親人相見，成了困擾兒子的一種呼喚。〈為妳送行──悼亡姐〉，具有與前首相同的品質，但一些意象更為具體生動。（黃梵）

　　兩首詩都和悼念親人有關，筆端帶著情感，令人動容。（洪淑苓）

　　兩首親情之作，正向的相互影響，造成極大的迴旋渦流。前一首緊緊扣住阿茲海默與飛官，意象突出。後一首情意深濃而內斂，以細微的動作見出姐妹真情，都令人動容欲淚。（蕭蕭）

　　悼亡詩也不容易寫，因此，寫悼亡詩並不必然地會寫得好。〈為妳送行──悼亡姐〉，其中的鐃鈸、哨角加速產生的喧鬧、經文的念誦、木魚的跳動，在在還原了生活的場景。而參與喪事的親人間的抱怨，也很坦誠。（安琪）

佳作　林夢媧

作者簡歷

　　1993出生，屏東市人，目前是學習如何運動語言與詩意的大學生，正走在愛情、文學與人生的路上，想要成為或許是詩人的探索者，於世界延續性中發掘巨大而溫柔的光。已獲葉紅女性詩獎、好詩大家寫、教育部文藝創作獎、臺中文學獎、Ｘ19全球華文詩獎。

得獎感言

　　首先感謝男友沈眠，始終細膩而認真地與我一同討論詩和生活，一起分享完成的每個當下，感謝我們心中依舊柔軟的地方。感謝兩頭甜蜜可愛的貓兒子－貓帝、魔兒的陪伴。感謝葉紅女性詩獎與評審們。感謝生活，感謝愛情，讓我得到養分與甜蜜。感謝曾經在晦暗路途上相遇的每一隻流浪貓狗，牠們努力生活、善待自己以及世界，牠們一直都乾淨美麗。感謝曾與我交換溫度的詩人與藝術家－葉青、隱匿、辛波絲卡、阿赫馬托娃、米蘭昆德拉、吳俞萱、張國榮、梅艷芳、張懸、雷光夏等等，感謝他們的美好。當然，必須感謝我母親，一直以來對我的照顧和包容，感謝她對我的每一種支持。這個獎的榮耀歸於她。

馬戲團

一開始，我們並不是生活在地獄
每天，都還算過得去
孤獨，也不是可恥的東西
但我們漸漸喜歡上狗，接著
要求牠不能四腳著地
要練習搭著另一隻狗的肩膀
走得人模人樣
愛貓，就讓牠瘦得見骨
叫得痛苦
連回頭或者離去，都做不到

拔光草原的草，讓馬向人而來
折斷每一條河，讓魚都跑上岸

後來，老虎在動物園裡被人砸冰
只能一臉冤枉
猩猩們都沒有母猩猩，牠們只能
讓美女，拉下自己的褲頭
像是扯開長長的惡夢
還被告知，唉唷，好可愛哦

最後，我們終於愛人了
就找一塊地當籠子，驅趕戀人到那裡，當豬養著
別給他書，給他哭，給他愛情，再給他背叛
給他，所有被進入與留在原地的，過度曝曬一般的疼痛
給他一條蛇，讓他學會把自己弄死，或者
學會圈養另一個人

評語

　　〈馬戲團〉有許多層面、許多場景可以書寫、可以發揮，此詩從生態觀點切入，人將野地、天然的動物趕入馬戲團，最後，人也成為馬戲團的一分子，頗有諷刺意味，人，如何學會解放自己、解放別人、遠至於解放動物？〈潔癖〉也以逆向的方式，引逗讀者思考，前三段所強調的「我很髒很髒」，卻在最後的「性」的滿足中得到舒放，「性」並不那麼髒！（蕭蕭）

佳作　談雅麗

作者簡歷

　　七〇年代生，中國作協會員，湖南常德人，湖南農大獸醫碩士，參加詩刊社第二十五屆「青春詩會」；第十二屆「散文詩」筆會；2011年獲首屆「紅高粱」詩歌獎。2012年詩集《魚水之上的星空》入選「二十一世紀文學之星」叢書，2013年獲華文青年詩人獎，2013年散文集《沅水的第三條河岸》入選湖南省重點文學作品扶持。詩歌近五百首刊於《詩刊》、《詩選刊》、《星星》、《詩歌月刊》、《十月》、《花城》、《青年文學》等。詩歌多次入選《中國新詩精選三百首》、《中國年度詩歌》、《中國年度詩歌精選》、《年度詩歌選本》、《新現實主義詩歌年選》、《青年博覽》等。在《人民文學》、《詩刊》、《青年文學》等舉辦的全國散文詩歌大賽多次獲一等獎等獎項。

得獎感言

　　接到葉紅女性詩獎獲獎通知，我把喜訊告訴我的兒子，他好奇地問我：「媽媽，你這首詩歌是寫給誰的呀？」這使我想起那年兒子在湘雅醫院動手術，因為要做全麻，我得在醫生辦公室簽下手術風險同意書，可能發生的風險，使我放下簽字筆立即走到外面，眼淚嘩嘩地流了下來……我是一個母親啊！我不要我的孩子有一點點風險，我希望他人生路上的危險我都能替他承擔。那是一個百感交集的夏天，我在病室寫作了組詩〈四十四床的日日夜夜〉，其中有

一首〈斑斕之虎〉，很榮幸地獲得了此次女性詩獎。

因為我是一個母親，是愛人，是女兒，是朋友；因為由此而來
的真摯情感，可以盡情地用筆抒寫。在此，深深感謝葉紅女性詩
獎，感謝各位評委，感謝詩歌，使我找到了最貼近心靈的、表達愛
的方式。

斑斕之虎

病室的中午，我曾夢見過一隻斑斕之虎
在我的體內緩緩走動
它有黃金耀眼的兇猛，也有黃金綿軟的溫柔

我奢侈地夢見愛，夢見在某個地方
他和我攜手並肩地走在，秋風亂卷的街頭
在不為人知的病室角落
我會為怎樣的人生際遇放聲慟哭

人群總是把我推向寂滅，牽我之人
我們該怎樣細述一生，該怎樣用倒述的手法
描繪我在四十四病室裡一顆踉蹌的心
用此刻，一個人可能對我施展的全部柔情
和殘酷

我不必被誰安慰，我強大到足以打敗自己
我的軟弱，深植在黃金之虎的斑斕體內

我在清醒的中午數著大樓向陽面的玻璃
從鏡子兩側審視自己不全的人生
我還數身上的暗疾，內傷，疤痕、虛假
以及不可救藥的微弱

眾多親眷，來用一絲最簡單的愛救醒我吧
因我越拉越緊──
越拉越緊，繫在我和命運之間
那根，微弱的細繩

評語

〈斑斕之虎〉把受盡煎熬的標記象徵成一隻有斑斕花紋的老
虎，意象很特殊但這是一隻歷盡滄桑的老虎，她把自己的軟弱種種
不堪及黑暗當成斑紋，反過來說她也成就了老虎黃金的皮毛，紋
理之間還有親人的愛，字裡行間她的哀傷有如鮮豔的色塊頻頻打動
人心。（馮青）

佳作　亦非

作者簡歷

臺灣臺中人，目前就讀逢甲大學中文系博士班。喜歡看有雨的山、有雲的天空，以及有「二個人」的詩。遊走於兩岸網路論壇，作品曾獲2012年臺灣文學館「好詩大家寫」第三名。

得獎感言

棉絮久了會有自己的味道，詩歌放久了也會有自己的味道。很幸運的，在我的髮變成亞麻粗布以前，我能揉出得獎作品的味道。雖然我的詩可以為一個人而寫，雖然寫詩不是為了得獎，可是得獎可以更愛寫詩，也更愛我的棉被！

被單

睡前總是有一種徘徊
從牆壁的一端，走進來。
走進來的是大街上看不見的男人
走進來的還有
愛麗絲的格言、失去背脊的龍……

繁此種種，我像是在默數什麼
然後就不知不覺揉起了
我破舊的臭棉被
釋放革命過的一天
釋放寓言裡的羊
和那些被稱為貓的腥味

我揉，我揉著一些事情的盡頭
像故意讓一只盒子虛弱
不能再放進犄角之類

這啊，只是一件破破的被子
美好的一生
就有了幸福的邏輯。在每個睡前
我和你，夢和現實之間的溫差
終於因為破敗
我們才有棉絮的輕
與自由

評語

　　因為破敗，才有棉絮的輕與自由，也有這種解放的愉悅。
（蕭蕭）

佳作　黃岡

作者簡歷

　　我是黃岡，這曾經是本名（現在叫做黃芝雲），如今是筆名，都要怪我年少不懂事，輕易誤了我家族來的地方。1986年出生寶島臺灣，福爾摩沙的山水用來洗耳也忒浪費，我只好搖一搖筆桿邊寫詩邊作研究，相信墨水文字亦可以滋潤回饋山水。現就讀臺灣交通大學社會與文化研究所，曾獲林榮三新詩首獎。

得獎感言

　　臺灣有各種不同的女性，她們有不同的族群、世代、價值觀，我們往往忽略了表面成就／或僅僅是生活之下的私女性獨白，在她們努力奮鬥創造人生最大價值的同時，有一些組織瘤正遺落。我在路上撿起這些淌著汁液的瘤，然後呢，隨手把它手扔了？我把它放在手心上端看，然後劃開層層血絲淋巴交織的組織，伴隨著腺體血水湧出不曾銘刻在身上的——矛盾、恐懼、陰闇、和孤寂——劃開的那支無法是支手術刀，只能是一支筆。

博物館‧夜祭

陰闃的博物館長巷是一首吟不完的古調
四壁悄然，妳自展示牆飄然以降
掂起足弓將大理石磁磚踏成飛沙走石
逃難的腳鏈回響在偌大空調室中
叮噹…越過石器洪荒，躲著西班牙艦艇
閃過玉山黑熊和布農獵人的標槍 叮叮噹……
走進奇萊平原乍見清軍放火燒家
橘紅色花朵在部落滿地開花
「那只是油墨，只是墨彩……」
然油墨太濃，載不動歷史往前行
妳流下蠟樣的淚，竟凝固在臉上

每晚妳哭，祖靈就站在肩上要妳堅強
妳亂髮披散，腳踩天地，以酒引路
生薑為鑰，諸神復甦，風蕭蕭兮雷鳴鳴
妳的身體遂化作一只陶甕
酒在其中洸洸乎，容祖靈往復穿隙
欲望鎖在喉頭燒，所不能言明的盡表心跡
禁忌焠鍊千年，成為一顆落松子
掉在腳邊二三階

然而我會笑，頭髮還會持續長長
也才剛過了少女的年紀
我的肉身會形銷俱滅，然而物質永遠不滅
就讓永恆的留在這裡，夜夜祭我百鬼
肉身需出走，奇萊山的古戰場仍舊荒蕪
酣睡的警衛抽動了鼻翼，悠悠轉醒
瞅著我直說眼熟

後記：臺灣原住民第十三族撒奇萊雅族甫於2007年正名成功。該族
在1878年遭清軍攻打滅族，逃散至平原上阿美族群裡，自此
隱姓埋名。由於與阿美族共同生活已久，祭儀文化復振之路
迢迢。近年來，一群年輕的祝禱司役（Padongiay，意指祭
師身邊的助手）以繼承巫祭文化為己任，努力學習歌謠及祭
祀儀式，並在族群祭祖大典：火神祭中奉祀1878年戰死的祖
先，因而使撒奇萊雅祭典文化透出了一線曙光。其中一位祝
禱司被博物館以民族誌方式典藏館內，然其人卻在故鄉平原
真實地活著，創造與實踐，延續著歷史和文化。

評語

　　詩試圖以文字確認撒奇萊雅族的願望在奇詭的構思與形象的語
言刻畫中得到實現。本詩猶如一部小說，又如一幕小型戲劇，令人
感受到詩歌足以把控各種題材的魅力。

佳作　韓簌簌

作者簡歷

　　山東東營人，教師，畢業於山東師範大學漢語言文學專業，山東省作協會員、中國楹聯協會會員。作品多以組詩形式見於《星星》詩刊、《詩刊》、《綠風》詩刊、《詩選刊》、《詩歌月刊》、《詩林》、《山花》、《人民文學》、《當代小說》、《山東文學》、《散文詩世界》等刊物以及其它多種詩歌選本。

　　常獲獎，慎寫作。近獲平頂山「三蘇杯」全國詩歌大賽特等獎、第二屆「黃河口文藝獎」詩歌組首獎、「東坡詩歌獎」華語詩歌大賽壹等獎。

　　有個人詩集《為壹條河流命名》於2012年11月出版。

得獎感言

　　我總想，給潛伏在文字裡的姐妹們找到一個合適的譬喻。事實上我已經做了這樣的嘗試。可文學這所院落太深，每一進都會讓妳氣血衰竭；這池水太深，池邊的女子都是睡蓮，她們或香氣暗結，或獨自風乾；這園子太大，落紅的青塚大都藏在黃葉深處。

　　正如我在〈畫外音〉這首詩裡面表述的那樣：在文字裡泅渡已久的姐妹們，活在別人的腳本裡，並捎上自己的淚水。紫色的鳳冠裡有她們延滯封後的咒語，明黃的蟒袍裡是她們日漸垮塌的山河，而她們依舊在一齣齣悲喜劇裡，用心血練習佈景，直到：鮮活的生命在生活的地下室裡慢慢枯萎。

　　正是在這樣的背景裡，是葉紅詩歌獎，站在鼓勵和彰顯女性生命意識的立場，讓她們深沈的感觸和傷痛，轉化為精美的詩歌話語。是葉紅詩歌獎，為眾多的女詩人撐起捍衛生命和尊嚴的一把遮蔭的大傘。

　　所以，感謝詩人葉紅！感謝耕莘青年寫作會！感謝辛苦組織評選的白靈師長以及眾多的評委老師們！

　　感謝詩歌的引領——

　　讓我們跨越海峽的阻隔，在寶島聚首隔離多年的同胞和親人們！

絲綢誌

——請讓我喚醒：安眠在白絲綢裡的姑姑，喬。

夜涼如水。妳可以，借助一杯紅茶的掩護
聽我在一部線裝書簡裡，抽出一段唱詞——
老故事沒有子嗣沒有近親，就像這故事裡唯一的女人
和她中年的斷代史。此刻，爐火的微光裡有躍動的紫蝶
紫檀木妝台上，有低語的蛹

這第一頁，她說她生來就是帶電體
直到有一天，她的心被一個魯東男人無端挾持，已久
在每日噼噼啪啪的對決中，灰燼越積越多，柴火越剩越少

第二頁，她說人間太冷。為了取暖，只得燒掉頭髮，之後就是軀
　　幹，和四肢
「要抵禦更徹骨的冷！」——她看上去很決然
似乎在卷帙之後還有一個勤懇的刀筆吏，代替她值守，這些發言的
　　有效性。
第三頁，她說此時不宜再靠近一條有歷史遺迹的裙子
尤其是繡花的白色紡綢。她說在這個持續潰爛的星球上
連空氣都成了滋滋冒火的障眼法。第四頁：
她說她早就知道，世俗之人都有強大的好奇心
「定會有人沿一條線裝的暗道，打探紅酒幽冥的內心。」
「他們按圖索驥，並將滿足於俘獲花邊消息的狂喜。」

妳終於知道，我何以恨這高腳杯，和它包藏的禍心：一定是那時
姑姑這個受了蠱惑的孩子，撕開精細的包裝，嘩地一聲將自己抖了
　　出來！
在生之斷崖，她藏起百合的淚水，綻成一朵血色玫瑰
讓那些刺，重新回到血和肉、泥和水，回到母親　豔麗的子宮

此時人間已現異象：在電視新聞的發掘現場
兩粒相愛的種子，正彼此用雪白的葉芽，緊緊相擁在同一顆果核
　　裡——
其一為女，覆白裙的殘片。妳見過的，曾經很純美的白絲綢。
脖頸處合歡樹種子的項鏈，嵌綠琉璃的絲綢吊墜
那敞開的荷包，恰似他們被流水帶走的
空洞的眼眸，和被思念傷害已久的內心

抱緊她的，是一男子。厚重的下頜，緊貼著對方的額頭
看上去，他生前有著寬裕的生活。以及，修行闊大的心胸

忘了告訴妳：那線裝的第五頁，是一句判詞：
「必將存貯這逐日變舊的面皮，為的是與他來世夫唱婦隨。」
此之後，就是遙遠的空、與一頁頁絕世的白。

當然，如果細心，妳還會發現：
從遺留下來的墨汁裡，正漸次顯影出　這樣幾個字——
「這是一個女人，用一生書寫的，一部持續流血的　斷代史。」

評語

　　相愛甚深的兩人最後殉情而死。人們對他們好奇，猜測，流言
滿天飛，沒有人真正了解他們的內心。作者暗用女性主義的一個概
念——「空白的一頁」，暗示姑姑的一生，也為女性無法掙脫世俗
的枷鎖而哀嘆。（洪淑苓）

佳作　海烟

作者簡歷

　　原名羅小玲，重慶市作協會員，重慶市大足區作協副主席，魯院首屆西南青年作家班學員，2012年參加了第十二屆全國散文詩筆會。著有散文集《煙雨紅塵》和詩集《原來可以這樣愛你》、《零點的遠方》。詩歌多次被《青年文摘》和《知音》轉載。有作品五百餘首，發表於《文藝報》、《詩刊》、《詩選刊》、《星星》、《綠風》、《大家》、《北京文學》、《詩歌月刊》、《青年文學》、《散文詩》、《詩林》、《歲月》、《詩潮》、《飛天》、《草原》、《上海詩人》、《滇池》、《綠洲》、《中國詩歌》、《現代青年》、《當代小說》、《陽光》、《西北軍事文學》、《天津文學》等純文學刊物。作品多次入選《詩選刊》年度詩選，2012年詩歌作品入選《詩刊》年度詩選。

得獎感言

　　首先我要代表女性作者向耕莘文教基金會和評委老師致以崇高的敬意，不僅是因為你們給予了我這份榮譽，更重要的是因為你們為女性詩歌發展的鼓與呼。

　　在我看來，詩歌是一劑心靈的良藥，它能治癒淺薄、浮躁和生活的創傷，能改變我狹隘的女性意識，淨化與重塑我的靈魂。詩歌，創造了我的內心神話，復活了我現實中寂滅的一切。我們有理由相信，女人擁有了高度與詩歌，會浮升為天空的雪羽，作為天堂

的使者，她們詩意芬芳的愛彷彿天籟，輕盈地浸潤、誘惑並感動著
這個世界。

　　時光、情感和生活是我激揚生命的主旋律，這一切都是以愛為
中心的。而詩歌最堅硬的核心就是愛！

　　因為愛，我在一滴露珠中打開了瑩明的翅膀！那就是我的詩
意，也是屬於我的飛翔！

更年期

蝴蝶斑、白頭髮和抑鬱症
是時間顛覆了青春之後
和更年期一起到來的。

那個鏡子裡的女人
小腹微凸，乳房下垂，四肢不再勻稱
並有了一雙憂鬱的眼神。

她不再相信承諾，不再為他的晚歸
刨根問底，也不再為某次邂逅
怦然心動。

她寫越來越短的詩，唱越來越老的歌曲
天氣好的時候，把用舊了的時光
翻出來曬曬。

她更依賴於鈣片、口服液、美容院
以及越來越難的健身操
她用這種方式，駕馭悲傷和失落。

噢，女人──
這是親愛的生活，更是偉大的生活
我們為此而獻身，我們要牢記。

評語

　　詩人對待更年期的態度異於常人，把它作為女人必要的歷煉，
把受罪視為生活的必修課，更重要的是，這首詩信手拈來的形象，
乍看平凡，卻富於表現力，非常生動。（黃梵）

第九屆葉紅女性詩獎

父親的衣櫃

─第九屆葉紅女性詩獎特輯─

首獎　王怡仁

作者簡歷

　　臺北市人，現住臺中沙鹿；從事廣告撰文特約工作。曾獲臺北公車捷運詩文獎、菊島文學獎、浯島文學獎、礦溪文學獎等。

得獎感言

　　讀詩是黑夜；寫詩是黎明──詩為我把世界舉起來，在筆尖輕輕地旋轉。謝謝這個還可以讀詩、寫詩的世界；也謝謝葉紅文學獎主辦單位，讓我走到一個新的觀景臺。

父親的衣櫃

這是一座豎立著的　隨時可以打開的
衣冠塚；更像一艘海溝裡的沉船
我必須用回憶加緊打撈，避免紅珊瑚或海蟑螂
找到那更安全幽微的繁殖地

是的，太沉重了。尤其佈滿母親的白髮
鄰人的口水以及另一個我不認識的女人的眼淚

我看見你削瘦的肩膀　躲在衣櫥裡顫抖
我想哭──那裡曾經滯留著
假日的陽光與我童年的笑聲

這是回憶的火葬場無法焚燬的衣櫃
兩扇必須隨時添加針車油的木門
撲鼻是上一個世紀陳腐的樟腦味
抽屜裡曾經擁擠著南方的熱帶雨林與北國的
冰雪……還有最底層那張泛黃的全家福照片
你愛旅行，那就去吧！（這一次不必帶護照
與氧氣罩，不必再為我們編造旅遊行程與見聞
不必在機場免稅店購買我的玩具與母親的化妝品……）

打開是黎明　關起來是黑夜
哥哥轉身離開　無意收留你的衣櫃
水銀剝落的鏡子裡──失去瞳孔的眼睛
復刻版的女兒刻正與你面對，金剛經
已經抄好放在你胸前口袋，安安靜靜地
折好所有的哀傷如水流蓮花。你是沉船
而我還在岸上　自告奮勇地繼承
你的眼淚……

雪是我唇上的語言
——敦煌幻想

請冷靜！想像
成千上萬座同時被翻動裙襬的沙漠
在絲路與放牧之間（在思路與放目之間）
草原淪落……塵砂揚起一種魏晉的風格

駱駝與戈壁切割歷史
興亡起落　難以計算的一場幾何
這是洞窟——藏匿文明與黑暗的理由

秉燭窺探天女蜿蜒　花的溫柔胴體
經卷被滲透岩隙的月光焚毀
千里兵燹來此踢踏正步
操戈搗滅流動在我瞳眸裡的
火焰

請冷靜！雪是我唇上的語言
儘管，佛法已是失傳的工藝
刖去我的足、斷去我的臂、剜去我的眼、剉去我的顱
四大天王頂不住；韋陀馱不起
從我心上卸下來
風化了的金剛經

我堅信，意志比舍利子擁有更高的熔點
剖開我的胸腹還有足夠洞澈宇宙的油脂
為你照明！雪……雪，是我唇上的語言

拈花微笑的手指還有餘香
等你千年之後再來盤點……

評語

　　〈父親的衣櫃〉寫女兒對已逝父親的想念，作者透過「衣櫃」「衣冠塚」的雙重巧喻，寫出父親外遇所致家庭創傷的舊事，意象處理相當鮮明，語言使用也深刻動人。〈雪是我唇上的語言——敦煌幻想〉寫對於未曾去過的敦煌的想像，雖然並非親履所見，卻能呈顯敦煌之宗教與歷史感。整體來說，兩首詩作的語言、意象處理都能呈現作者情思，傳達深沉的意境。（向陽）

　　〈父親的衣櫃〉無論在選材上、詩的技巧表現上，都達到成熟的境界。要寫出好的「敘事詩」，仍要有詩技巧的配合，本詩的各種譬喻使用得相當精確，如「衣櫃」，其他相配合的意象，如「衣冠塚」、「沈船」、「兩扇必須隨時添加針車油的木門」、「打開是黎明　關起來是黑夜」等，使得連貫的意象得以串起整個故事。
　　詩作「雪是我唇上的語言——敦煌幻想」選擇「敦煌」為主題，是種高難度的挑戰，因為「敦煌」本身為佛教聖地，歷史上也是個謎，要突出作者的見解在詩的處理上較困難。（江文瑜）

　　作者以衣櫃為比喻，是一個巧妙的創意，詩句中穿梭父母親以父親外面女子三個人的情感掙扎，父親背負著對家庭責任、情感與子女的衝擊度過一生，而一切隨著死亡消逝，留下哥哥及妹妹兩人對此事的不同態度，詩中意涵豐富且意象與語言拿捏準確。另一篇以雪的冷靜書寫對敦煌的幻想，並以意志力與毀滅的意象切入對宗教的懷疑，切入角度特殊。（蕓朵）

　　作為詩，〈父親的衣櫃〉在表達複雜的父女情感時，沒有犧牲能帶來生動的意象功能，這是它最迷人的地方。〈雪是我唇上的語言──敦煌幻想〉使用的意象較為常見和淺表，雖然偶有佳句，但對歷史駐地的描繪，並無新意。（黃梵）

　　〈父親的衣櫃〉最讓人驚心之處，在結尾。「你是沉船，而我還在岸上，自告奮勇地繼承你的眼淚……」相對於作者另一首〈雪是我唇上的語言──敦煌幼想〉，整個感覺比較空洞和概念。（蕭蕭）

優等　江凌青

作者簡歷

　　一九八三年生於臺中，英國萊斯特（University of Leicester）大學美術與電影史系博士（教育部公費留學）。曾獲全國學生文學獎、時報文學獎、梁實秋文學獎、臺北文學獎與國家文藝基金會的創作補助，出版短篇圖文小說集《男孩公寓》（臺北：寶瓶，2008），並且也獲得多項藝術評論與研究獎，包括世安美學論文獎、數位藝術評論獎與國家文藝基金會藝評臺首獎。現任中興大學人文與社會科學研究中心博士後研究員，並發表藝術評論於國內眾多藝術刊物。（編按：江陵青二〇一五年因病辭世，此簡介為江陵青獲獎時提供）

得獎感言

　　異國開始了我的博士班學業以後，我已很久沒有寫詩。過去五年來，我的生活逐漸被那些強調邏輯推論的學術論文占滿，學術圈內人彼此閱讀的重點之一在於扒出彼此論點中的缺陷，而所謂的論點其實又時常是建構於對另一種言說的批判之上，環環相扣形成一種高度緊繃的關係。回到臺灣以後，我日日搭乘公車往返工作地點與自我出生以來便居住的小鎮，而馬路兩旁的風景，就成為我暫時從上述的緊張關係中起身時，發呆凝望的事物——於是便有了這兩首詩，紀念我每日的通勤，以及我離開這座島嶼多年，仍未學會用那些環環相扣的邏輯推論來解決的疑惑。

鐵皮島

我從一個很黑很長的洞穴走來
走回這座長滿了鐵皮的島
鐵皮在日光下，亮出它們的全部
全部：「我們有規律的皺摺，但是沒有厚度」
它們字正腔圓地演說
彷彿詩從來都不存在

有人告訴我，這些不顧一切地覆蓋著地表的鐵皮
就是，這座島原有的皮膚
醜了些，但是很耐用
少了些厚度，但是壞了也
不會讓人惋惜。「這是一件好事哪！」
島嶼上的居民習慣將自己看作裂縫裡的雜草

有人告訴我，這些賴著不走的鐵皮
是這座島被放火燒傷後的植皮
手術過程如此倉促，縫線都還來不及
和傷口準確地交媾
該好好活著的部份，卻總是在逃難
傷口一直出血，卻沒人有資格說痛

在密不通風的鐵皮島裡
我們忍耐著西曬，眼看著磨石子地板上細細漫出的，

來自大海的另一邊吹來的黃沙。
只能摸摸那張還能滲出汗的，
面貌模糊的臉
然後看向那個本該有窗的位置

沒有人行道的國家

路也成了一具被眾人監視的身體
他們凝視，急著用手去指
他們挖開，迫使
行人繞道而行
因為這是正義

門口的盆栽，悄悄捏出一條
躡足的界線（便宜、保固、仲介楷模）
和隔壁早餐店那兩大口蒸籠冒出的熱氣，一起
坐在緊鄰交通的位置
因為這是正義

重新裝潢的醫院，只換了玻璃門
門上的倒影排出會按喇叭的星陣
和那群蔓延到消失點的機械馱獸，一起

搔弄馬路的唇緣
因為這是正義

工地旁的公車站牌
扛著密密麻麻的那些
很近也很遠的地名。俯瞰塞滿路邊的變電箱、電線杆、玻璃方盒裡
　　的檳榔西施、
由外勞推著的輪椅阿伯、駝著背推一整車資源回收的阿婆、拉著一
　　箱課本的小學生、
搬了一張凳子在銀行門口賣彩卷的⋯⋯

在這座擁擠得放不下人行道的城市裡
沒有人向愛情大喊萬歲
南國棄守南國，向自己說了再見
只剩光陰宣稱它還是一種故事
在家和路之間的窄縫裡變形成蒼蠅

評語

　　〈鐵皮島〉和〈沒有人行道的國家〉兩首均以反諷語法，刻繪當代臺灣社會的諸多亂象。鐵皮島以「鐵皮」為島的皮膚，「有規律的皺褶，但是沒有厚度」是深刻的沉痛之語；〈沒有人行道的國家〉末句「只剩光陰宣稱它還是一種故事／在家和路之間的窄縫裡便形成蒼蠅」更是針砭入裡。（向陽）

〈鐵皮島〉在選材上相當特殊,以「鐵皮屋」的意象批判臺灣直接而缺少厚度的文化,是一首觀察臺灣歷史與文化的社會詩。

〈沒有人行道的國家〉以「人行道」的意象批評社會現象。透過四段詩行的鋪陳,從不斷開挖的路、侷促的空間擺設、大量的車群、擁擠的公車站牌附近,檢視這個城市。(江文瑜)

〈鐵皮島〉以鐵皮佈滿的島嶼諷刺現實生活中醜陋的部份,以醜的意象與作者對於島嶼的印象融為詩中的意象,是一首很好的社會詩。另一首〈沒有人行道的國家〉以人行道被傷害挖掘、商家違法霸佔、馬路、工地等意象,擁擠的生存空間是國家(城市)可悲的生存,以諷刺的角度,透過都市意象的堆疊控訴種種荒謬情境,書寫老練而令人動容。(蔊朵)

這兩首詩,都可以視為用象徵寫臺灣政治的佳作,尤其〈鐵皮島〉的象徵含義,用了更悲蒼的語調來呈現,鐵皮有如這個社會傷口結成的硬痂,而島似乎指涉著這個社會封閉的狀態,讀來令人深思,鐵皮島的指向更是意味深長。(黃梵)

〈沒有人行道的國家〉作者用反諷的文字掃描出一幅幅後現代生活的支離破碎的生活畫面,讓人感同身受。〈鐵皮島〉,把鐵皮喻為一座島的皮膚,很有新意,但整首詩的敘述和語言的指向有些模糊,雖然詩中有強烈的疼痛感,但缺少拍打心靈的力量。(蕭蕭)

佳作　那朵

作者簡歷

　　七〇年代生，山東平原縣人，山東省作家協會會員。文字散見於《人民文學》、《山東文學》、《綠風》、《星星》、《草原》等國內外數百家報刊。作品入選《新世紀十年中國詩歌藍本》、《中國詩歌精選100家》等多種版本。先後獲臺灣第五屆、第六屆葉紅女性詩歌獎、第十九屆柔剛詩歌獎提名等各類獎項四十餘次。

得獎感言

　　風景不在別處，就在自己的身體裡養著，像養在身體裡的花朵，遇見就不準備離開。我常把看書寫詩看做是一件很美的風景，這時候，我是安靜的，甚至是愉悅的。我愛它們，多像我陽臺上的花草，都是我一手帶大的寶貝，看著它們生根、發芽，茁壯成長，然後開出好看的花來，內心就有種幸福感、滿足感，這時候的感覺真好，逃離喧囂，拒絕應酬，卸掉笨重的外套，只襲一身素裝，聽輕柔的音樂，親近我的詩歌，在文字中行走，真好。

　　這次我又幸運地獲得葉紅詩歌獎，感覺到與詩歌更加親近了。感謝詩人葉紅！感謝耕莘青年寫作會！感謝各位評委老師們！

流年

時光有一把漂亮的刀
幹出的活也是漂亮的，不露聲色
在四十歲女人的身體裡磨來磨去
修剪了尖利的麥芒，踢掉了玫瑰的小刺
將血脈打通，讓氣息順暢，讓一條小溪
涓涓流淌，打出愉快的口哨

她借用時光篩著流年
總有一兩個硬塊停在篩眼處
看它一眼，心就疼一下
她只好避開這些尖銳的東西
熟視無睹地裝糊塗
巧妙地繞過去

她身體裡發出的響動
已不如青年時悅耳
她仿佛看到一艘正在解體拋錨的船
露出斑駁的痕跡
不再起航

該路過的風景已路過
綠已不純粹，卻是祖母綠

這時節記著補鈣
調整體質裡的軟
保證柔韌和堅挺，打好
女人這一生的漂亮仗

評語

　　一首中年女性主義之作，初讀起來很暢快。女人在時光這把快
刀面前，經過了理智和感情的衝突，漸漸成熟，懂得避開，熟視無
睹地裝糊塗，這樣的成熟甚至有些世俗。（蕭蕭）

佳作　張雅芳

作者簡歷

　　東海中文系、中文所畢業。曾想變成一個主播、一個作家、或者一個教授，最後只變成一個高中教師，一個負責但保有任性空間的女生，一個注視者，以及一個得了文學獎便會高興很多天的普通人。

得獎感言

　　〈從此〉可能是自己目前為止最喜歡的一首作品。它得到葉紅詩獎的肯定，它被許多人喜歡——但在這些之前，它首先是我寫給承運的第一首詩！作為一個笨手笨腳、脆弱敏感的母親，我終於在他兩歲一個月又十五天的那一天，回過神，在暖黃的燈光下，寫出那些無以名狀的純粹與靜好。

　　寫詩真是一件美好的事，我常常感覺那是一個澄清自己生命的時刻。寫詩的時候，我必須不斷地探問自己的內心，有時某些自己還不很確定的意念反而在推敲沉吟的過程中落定安心了。〈從此〉是如此，〈當我的身體印滿時光〉亦是。

　　謝謝曾給我寶貴意見的偉鳳，謝謝身邊每一個鼓勵我的讀者。而這個獎，我依然要將之遙獻給在天上的，我親愛的指導教授鍾慧玲老師。

當我的身體印滿時光

最先萎軟入土的，是我胸前兩朵
安靜耽美的花
之後有細蛇，攀上我的頸
前半生的纏綿忽然醒轉
誰吻過我糾結過　誰
已非祕密
從前藏過愛的，眼角
終於也養出兩尾畫面清晰的魚

檸檬色的月光不再影響我
曾經洶湧的潮水
詩一般告別
鵲鳥噗噗展翅
夢境裡唧走我僅存的青色長髮
裸露的足　緊密的年輪
總有人善良地為我驚恐

最後，我將老成一座雨林
偶有驟雨，恆常無風
蟲豸鳥獸都來了
闊葉粗籐，他們恣意攀爬張望
我的身體印滿時光

當你側耳，聽見我的意志
依然是完整的生態系兀自運行生長
有水、空氣、剛剛好的陽光

評語

　　寫女性進入老年階段的從容、順天與雅緻，以大自然的物象、
風景比喻生命的自然老化，凸顯時光不饒人的無奈，卻也突出了
「有水、空氣、剛剛好的陽光」的老境智慧。（向陽）

佳作　陳坤琬

作者簡歷

1981年生，鄉下人。

吃素，相信愛與和平。

文學依賴症。

寫字的地方：貓步踏踏。

得獎感言

謝謝「葉紅女性詩獎」，在我不確定書寫的位置時，為我帶來安靜的力量。

今後，也將繼續當個相信詩的人。

你最後留住的是自己

你在聽雪
每句話語都染成了白色
最遠的星座
依然光亮

你走出的鞋印
是那樣好看

一群鳥忽然飛起
風吹過河面
教堂的鐘聲彷彿有了光影
你拿著許多玻璃
小心翼翼
走入牆壁

你的聲音掉進水裡
多麼清澈
沉默變得透明
遠遠流去
昨天之前
你以為自己不會再旅行

你的守候還留在岸上
和夢一起
即使給你願望
你卻已無所企求

霧薄薄聚在橋下
你像列車
像隧道

窗戶是黑的
愛是黑的
你覺得很深的平靜

評語

　　作者以輕淡的意象，輕鬆的口吻，不斷回溯內在對於生命的思
考，使用聲音、玻璃、走入牆壁、水、霧等意象，以白色透明而捉
不住的事物，反思生命的本質，反歸於平靜時的自己。（蕓朵）

佳作　陳春妙

作者簡歷

1985年生，彰化縣人。臺大中文系、師大國文所畢，研究志怪小說。曾獲全國學生文學獎、礦溪文學獎、桃園縣文藝創作獎等。現為高中教師。

得獎感言

電影《戰地琴人》中，某段敘述猶太裔鋼琴家在二戰逃亡、藏匿於閣樓，處於數日未進食的饑餓狀態，找到一罐醃製黃瓜，卻因聲響驚動了納粹軍官，被要求演奏一曲。離死神不遠的鋼琴家，生命交關之際沉浸在技藝中，如靈光乍現的凝神時刻，仍記得現實的餓與死亡如此脅近，樂音自往昔熟習的技藝流瀉而出，進入禪的靜定。我想，文學或任何形式編構的故事所貼近生活、予人生靈活現的感動無外於此。

新的學年接任新工作，面對如蜘蛛網交織的人事應對與瑣細費時的一切，努力提醒自己心平氣和的記得生活中，存有微如空氣的美好事物。感謝評審們的肯定。

浮潛練習

地是空虛混沌，淵面黑暗；神的靈運行在水上。

神說：要有光，就有了光。

——《創世紀‧第一章》

馬雅曆法預言末日毀滅的
第六日，光自彼岸浮潛成早晨
他永遠記得洪水降臨前的狂風
掀起生鏽的哥德式屋塔如花色救生墊
在空中浮游，沉入比雨天更長的睡眠

方舟在阡陌巷道航行的一年四季
漂浮於創世紀洪荒神話的諾亞
曾目睹一股深藍色暖潮如女人的裙襬
自赤道款款而來。遠方有不眠的鯨
大水浮起漸層的鰭如上弦月；
飛魚的雙翼奏起交響曲
隨大水起伏的頻率行圓周運動
滑翔成一條條柔和的水草

他暗自記下洪水漲退的刻度：
六月的女人魚往礁的髮間滑過
像蝴蝶穿梭在海的花叢授粉

光是晝，暗是夜。水草搖晃的地面是洋
小島是樹枝座標上的珊瑚貝殼
而天鵝和鷹正棲息在北半球的夜空
人們的化石於水底發出熒火

聽過了四十日，舟筏擱淺在一片白荻
烏鴉自他的手掌飛出熱氣球的形狀
大水洗淨萬年不見天日的岩砂
褪去人們如浪花洶湧的語言：
願生靈存活在久違的日光下
願觀望天候的鹿群吮食露珠；
讓公羊也拂去岩壁和髭上的雨水
成群攀上八代灣弧形的灘岸
守候著百合與風的迷藏，如神靈的祝禱

評語

　　本詩透過聖經在創世紀第一章的語言為導引，讓整首詩穿梭於聖經裡創世紀之後的景象與浮潛的意象，亦即本詩其實是書寫「浮潛練習」，卻將這樣的意象處處與聖經上的創世紀後的海上漂流的典故融合，讓詩產生了擴大與遼闊的視野。（江文瑜）

佳作　尹藍

作者簡歷

　　1982年生，臺中人，育有一子。高中開始寫詩，對詩的簡潔與意象深深著迷。詩是對生活的抒發與記錄、是自我對話、也是最佳療癒處方。

得獎感言

　　習慣用詩記錄生活的我，常在送件與不送件之間掙扎，因為詩就是我的日記，平鋪直敘，卻又那麼私密。謝謝高中老師——林廣的啟蒙，讓詩能陪伴我成長，聆聽我內心的聲音。謝謝「旅人」好友們的陪伴，雖然已各奔西東，但你們總是能帶給我靈感。謝謝大學老師——方群、陳謙，是你們讓我的詩更精鍊。謝謝老公的支持，讓我在忙碌的育兒生活中仍能趕在最後一天送件。最後謝謝評審，你們的肯定就是最好的鼓勵。

未來

在這個年代裡
是否已經不再流行著那些

過時而美好的東西，例如：
愛

在一些記憶裡頭也許
藏有一點　瑣碎
但都不再能成為一張拼圖
在華麗框架裡
成為一個
一個

還有一些類似痛覺
一些類似愉悅的東西
存放在福馬林裡　相互腐蝕

有人嘗試食用過去
但他們吃的並不多
有的罐頭過於新鮮
充滿著腥味
有的刺太多
太鹹　他們只好配著水
勉強吞嚥

於是他們開始搶食
所有的日光
以及黑暗

後來
他們都不再追逐了
越過了邊境就成為誰的子民
他們　只能默默承受
關於天氣以及記憶
被沒收以及
淹沒的部分

直到他們終於都渺小了
世界還在獨吞

評語

　　本詩以清晰、口語的文字書寫對於未來的想像，哀悼著未來世界可能已經不存在的一些東西，但如果緬懷「過去」，似乎又不得其門而入，最後變得必須接受一切。（江文瑜）

佳作　小縫

作者簡歷

　　小縫是代言人，在頁面折角說了很多話，血糖值很高的黏土。投稿（時）就想唱起張學友〈想和你去吹吹風〉，吃完魯肉飯後想出一本詩集，但是豬頭皮說他們目前毫無動力。常常沒睡飽，容易發現路人都喜歡用腋下關注自己的蛀牙，〈不擅長溝通的鼻孔〉說明態度：「那麼一點斜視，三十到四十五度剛好，下巴撐出鮪魚肚，山根看成蕃薯。」

得獎感言

　　曾和朋友提過：「寫作是一場意外，我們有時只負責安頓好鞋裡的蟲子。」關於得獎，比起陽光，像有人在大雨中撐起一把傘，告訴你這條路，會有很多壞掉的小椅子，路人都擅長拿起剔眉刀，你只要不斷照著鏡子，畫好眉毛。

餐桌上的鳥

桌面的蛋糕在紙巾上開始滲透
油脂或者指甲片

留在原地

成為一座沒有人光顧的鳥巢

擺滿殘破的碗盤

媽媽開始安靜

爸爸被留在青春期的結石裡

黃昏時

他們輪流存在

嘴角帶著傾斜的味道

流利地表達醃漬好的情緒

跳舞的爪子如轉盤

在季節變換的時候脫落

日曆只剩羽毛

讓孩子成為一隻鳥

期待籠子裡每天的晚餐

可以堆擠在餐桌前

練習鳴叫

評語

　　寫父母晚餐吵架寫得極巧妙，「我」作為一隻無辜的鳥，每晚歸巢的鳥巢是晚餐，可歸巢後發覺，這鳥籠裡的晚餐如此可怕。（黃梵）

第十屆葉紅女性詩獎

—第十屆葉紅女性詩獎特輯—

那些陌生人的

首獎　黃鈺婷

作者簡介

　　島嶼上行走的人，在日子的漲落裡小小浮沉。

　　每個人都像初學會使用愛與悲傷的動物，不熟練的結果，讓世界有了生疏的愛恨。我活的時代讓我感到大放厥詞背後的大寂寞，興奮過度後的啞然失聲。在城市集體瘋狂的時候，寫詩變成一件最安靜的事，在安靜裡有愛恨的死滅與星球的新生。街頭的動物園裡，人人都是觀者與被觀者，用各種說詞索討不存在的自由，而我只是一個渴望安靜的人，在各個人滿為患的場所，做著安靜的事。

得獎感言

　　陌生人與陌生人以外的，都是我們孤獨的心臟。那裡頭有一個王國，我的王國裡有震動的鼓聲，流不盡的河流，女人與狗。每件事都只有一次的機會，日出和日落，哭聲與沉睡，每一天都是奔赴陌生的過程，我從王國的每個早晨醒來，覺得自己剛出生，在這個也同樣剛出生的世界，有太多危險住在微笑裡面，太多虛無長在事物的中心，只有少數清醒的時刻，我才能稍稍掙脫，得到一個離開王國的許可。譬如寫詩，譬如在陌生的河流裡醒來，看見文字逆流而上，被上游的人看見，那時候我得以觸碰邊界以外的你，那萬萬千千，與我如此不同，卻又如此相似的王國。

　　謝謝這場迷藏，躲藏是為了被看見。

那些陌生人的

把拉鍊拉開，像拉動
一條離水的魚鰓
城市的內裡翻了出來
路邊的小販叫賣，燈火明暗
長長的街市裡沒有一個活人
你說世界，多的是
無路可退的場所
躺下來，也不能
平整地離開

這個街角有人親吻、扮成鴿子
迫不及待地背向日落
下個街角就有人睡著
因為不合時宜的寒冷，或者
不夠愛

我們在城市的皺褶裡
賣弄，彼此攏絡
允許自己在成為謊言之前
先說一萬次謊，而後
列車晃動，白日裡
屠宰車也可以順利經過

那些被時間捏著的
易碎的螞蟻

陌生人用陌生人的手腳
去築眾神的宮殿
我們相擁而眠
在魚小小的、不再跳動的
心臟裡面
騙自己被愛著
叫對方親愛的

陌生人以外的

小酒館裡昏暗的時間，卡夫卡
說世界從大蟲的肚子裡
滾出來、滾出來

人們的絕望是愛
用以覆蓋日常遍地的塵埃
我們不比鋒利了
改比那些管線的老舊
看誰名字的回聲拉得

最長最久
我們說那是親人

日復一日，大水還沒來
翅膀就先掉了
不能飛行的，在陌生人以外
房間的門開開關關
最高速的時候
我曾經以為自己已經消失
蟲子還是爬上我的腳背

我被世界關起來
像一個沉默的蟲蛹
不輕言說愛

評語

　　這兩首詩寫個人的情感經驗，文字流利，意象轉折但很輕巧。
〈那些陌生人的〉寫出了都市虛假偽善的生活，也透顯出自己內心
的空虛；而〈陌生人以外的〉則是藉著卡夫卡的小說《蛻變》來營
造生存的困境，小酒館的場景，一樣也可代表都市的情境，那昏黃
的光線，既是酒館裡的昏暗，也是天色的昏暗，更是人生的昏暗。
（洪淑苓）

　　〈那些陌生人的〉這首詩裡，貫穿整首作品的其實不只是這個時代的城市知識份子那樣真實的被剝奪後的處境和文化自傷而已，而是倒盡味口的現狀，和累積到不行的味覺。

　　〈陌生人以外的〉這首詩比較會以輕鬆的辛辣語調在詩行裡顯示既有的，約定成俗的親人之間的封閉性關係。（馮青）

　　作者對魚鰓等意象的妙構，使得最悲涼的城市生活，也有了意外之美。超現實的意象對現實的巧妙隱喻，似乎也揭示出現實中那非現實的願望，但它已像「不再跳動的心臟」，已無存活的可能。（黃梵）

　　當冷漠成為世界的常態，只有真正的英雄主義者才能做到認識世界的真相後仍然愛世界。（趙四）

　　這兩首詩相近的地方都是在寫陌生人與愛，但各自發展，〈那些陌生人的〉以魚的內臟（容易敗壞）去寫我們住居的城市，讀來有著周遭也在發臭的不安感。（蕭蕭）

優等　易菲

作者簡歷

　　臺灣臺中人，目前就讀逢甲大學中文系博士班。喜歡看有雨的山、有雲的天空，以及有「二個人」的詩。遊走於兩岸網路論壇，作品曾獲2012年臺灣文學館「好詩大家寫」第三名、2013年「第八屆葉紅女性詩獎」佳作、2014年「第五屆桐花文學獎」首獎以及2015年「第四屆臺中文學獎」佳作。

得獎感言

　　以往「暗香盈袖」的柔性書寫在現代女性來看，可能無法療癒薄霧濃雲的心事了，於是「酒瓶」出現了，而寫詩的行為剛好像一把梯子，我想解救處境更深的女人。

第六個酒瓶

酒瓶把自己反鎖在一個港口
船聲進來了
而他是水手

這個水手喜歡打開瓶蓋接雨
讓瓶頸和瓶頸
相互傾訴

這是我聽過的第三個故事
樓梯被拿過來了，是因為
下一個女人的處境更深

像是要把自己喝到一滴不剩
凹陷的月光
偽裝為整形後的酒窩

要她如何守口如瓶
譬如迷戀這個詞
失眠容易看成幸福

喝到這裡
我寫的每一首詩
字與字之間都是惡地形

落葉

我練習轉身
像來到副歌的時候
你和過去告別，獨自折返
每個旋律都是雨的容器
很快，情緒就要盈眶

整座城市的行道樹都飄著我的背影
葉脈是我的胸脊
我也裸肩，在這樣的冬天
為你枯黃

當我轉身墜落
陽光的裂隙都是你的戶籍
為了你，我曾經用不同的風聲練習
練習如何成為你的妻
如何從帆布鞋倒出你要的海面
所有不可能的登月計畫
我也想過。但是我就要飄零了
在你離去的夜晚
月光薄薄地
為我埋葬盤根錯節的自己

評語

　　作者是個善於說故事的人，〈第六個酒瓶〉彷彿有六個故事，
而作者都只有透露一點點訊息，引發讀者無盡的想像。〈落葉〉同
樣寫失戀的感覺，表現了「愛別離，求不得之苦」，意象的轉換很
靈活，顯現作者飄逸的才情。（洪淑苓）

　　這首詩作看來是透過〈酒瓶〉、〈反鎖〉、〈船聲〉、〈水
手〉、〈雨水〉等辭彙指向而導出的一種類似的野性處理經驗，比
方說「讓瓶頸和瓶頸相互傾訴」等句法。詩之共同營造的女性位置
之注視，操演著自我觀看甚為明顯的意向，不能忽視作者的，是他
者在兩性平行世界裡，父權及性奴的配置及位置，詩乃成就如此的
「揭示」及「勘破」。（馮青）

　　作者對葉子變黃、墜落、落地等全過程的詩意描述，不是為了
寫盡葉子的心境，而是借物喻人，寫盡人生的滄桑，寫出人在時光
箭矢面前，那藏於內心的無助願望。（黃梵）

　　詩人對現代詩歌語言的張力特徵有清醒的自我認識：明白詞與
詞之間隱約起伏的「惡地形」是標示自己詩藝的示意圖。（趙四）

　　〈第六個酒瓶／落葉〉這兩首詩，都以物喻己，雖淺嘗，卻有
極痛的感覺。特別是第一首〈第六個酒瓶〉，詩分六段，呼應著六
個階段性的痛感，每一段，明的暗的，都與酒瓶、喝酒相涉。〈落
葉〉，以葉子的飄零寫自己的轉身離去，物與事，事與情，層層交

疊，慢鏡頭的運用加深了疼痛的深度，月光薄薄，而自己盤根錯節，更是無法紓解。（蕭蕭）

佳作　汪郁榮

作者簡歷

　　成大醫學系畢業，麻醉科醫師。日常於各個手術房之間看生看死，倒是尚未看破人生，活得益發有掛有礙。

得獎感言

　　謝謝我生命中目前最重要的兩個女人
　　一個給了我能寫詩的靈魂
　　一個在我腹中給了我這兩首詩的靈感

而我一直都過於幸福

遙遠的那個叫Daulatdia的地方
聽起來像女孩夢裡會有達達馬蹄的地方
王子前來候在有華麗巨大水晶燈挑高10米的大廳
公主在城堡深處最多鮮花與蕾絲的房裡
用象牙梳輕輕攏髮
準備走下旋轉階梯跳他們的第一支舞曲

事實是那個叫Daulatdia的地方
沒有馬蹄但也有達達聲
男人們扣著門板
11歲的女孩用手輕輕攏髮
準備擁抱她的第一個客人

我正在看美魔女受訪如何洗臉
隔壁台播著30幾歲的演員詮釋14歲的笑靨
生活在這個城市的明星飛到另一個城市完成公主與王子的婚禮
那個叫Daulatdia的地方
12歲的女孩正在吃Oradexon
嬤嬤說吃了妳會成熟美麗
男人們會看著妳的胸口推開妳的門
妳爸爸的欠債又少了一筆

愛人在我雙腿間抬起頭微笑，準備換個姿勢
那個叫Daulatdia的地方
13歲的女孩背對著男人
26歲的母親昨天教她的功課
她正在練習

愛人問我明年跨年還去不去被賣掉的101
而我一直都過於幸福
顧不著那個叫Daulatdia的地方
站在河堤上14歲的女孩小腹隆起
她究竟跨不跨得出去

評語

　　這首詩的作者在每一個段落，都對照了不能被批判的資本主義主體化下，藉著傳媒輕薄的商品物化而異化的男女兩性之現況及浮華的價值體系。當女性可以藉著身體自主權而作愛而選擇性伴侶甚至體位之際，實際上，卻是虐童的地獄。（馮青）

佳作　伊地

作者簡歷

　　1987年生於屏東，畢業於國立彰化師範大學美術系。曾擔任美術教師、傳統藝術助手，現為文字工作者。

得獎感言

　　這兩首詩是屬於我個人的生活經驗，雖然私密，但也不是獨一無二的，大概因為這樣，讀它的人才能從裡頭翻找出與之相似或重複的共鳴，也是評審給予我鼓勵的證明。寫這兩件作品，是為了和過去某些很難忘又不太重要，但還是必須客氣的和它說再見的東西徹底分手，以免日後藕斷絲連，因此，十分感謝各位評審老師以及主辦單位對這兩首詩的肯定，我才有機會參與頒獎典禮，藉由這個儀式，在兩段回憶的背影與我漸行漸遠的同時，有一個隆重的道別紀念。

另一種愛妳的方式

妳塗膠的唇貼著我額頭，
離開的時候，

遭吻刻的皮膚
像蜂蜜蛋糕焦黑的表皮，一下子脫下來，黏在妳嘴角。
桃紅色舌頭出洞，口水像路過蝸牛，
把那
我的分身浸泡。
祈禱
我會死心塌地。

噢，母親，我要離妳遠去！
分別以前，需要小小鼓勵。
折斷我手腳，鎖進妳的祕密抽屜，
時時刻刻，背著我
懷念。

噢，媽媽，我要離妳遠去！
可腳底懸掛不由自主的排泄物，
像除不去的灰燼佈滿妳頭髮，像綿綿細雨滴落妳外套。

拆下妳身上一塊零件，綁在肩上做翅膀。
軀體向高空飛舞，視線在妳頭頂盤旋。
回顧的後果是墜落，
都是妳的錯。
拿粉筆在中間畫一條線，
妳搞不清楚，摸摸我臉頰，
把臍帶一端放在自己手上，一端交給我，

妳剪斷連繫，食指向我，
都是我的錯。

沒人可依靠了，劇終前兩個不明白的人依偎著。
天冷，靠近些，廝磨出火，將彼此的輪廓燒毀。
皮膚上溫柔的雜毛叢生，時間會修剪，
除毛膏把善良的辭彙脫盡，
我們不需要！
我們不需要！

評語

〈另一種愛你的方式〉：「折斷我手腳，鎖進你的祕密抽屜」
等句、雖然過於直白，但卻是令人怵目驚心。（洪淑苓）

佳作　陳怡安

作者簡歷

　　雲林人，中央大學中文系。擔任松果詩刊主編、除了雜誌主編，曾獲金筆獎，作品曾刊登於聯副、人間副刊、創世紀、衛生紙、煉詩刊等。寫詩寫散文，認為寫詩能像《曼哈頓練習曲》說的那樣：「讓平凡庸俗的日常，變得閃閃發亮。」

得獎感言

　　我從十八歲開始寫詩，目前已習作將近兩年，實在是感謝評審對於這樣青澀的我，青澀的詩，給予如此豐厚的青睞。

　　六月底要寄出稿件時，恰逢大二下學期的結束，身邊也許多朋友規劃著暑假的打工、實習計畫，一向浪漫的我，這時也慌了起來，我不知道未來想成為一個詩人，或是一個作家，該去哪裡實習，甚至該何以維生。所以我默默給了自己一個目標，若能夠在暑假裡光憑「寫作」（包括各平臺稿費、文學獎等等）賺四萬塊，那我大概可以就此繼續寫下去，若不行，我也肯定捨不得停筆，只是我或許得另謀出路。當不成作家，這輩子至少要當個寫字的人。所以收到這封通知獲獎信件，對於我，和我對未來的決定，實在是意義非凡！再次感謝評審們從滿地的佳作裡，拾起我這兩首詩，讓我得以發表我的溫柔。

成長痛

這是必要的
每天刷新長出來的牙齒
將尖銳的都磨成圓滑
而世故的樣子，是薄荷口味的
天真的乳牙
有些在晚上被星星偷走
另外一些被牙醫粗魯的拔掉了
他說這樣才能
長得更堅硬，更像大人
並用他金色的假牙
說明牙線以及社會正確使用方式

這是必要的
望著小路的盡頭
那裡的熱氣球還尚未起飛
就判定我為假性近視
不戴眼鏡的時候
只看見最高的建築
再也無視於光線裡漂浮
幽微的情緒
比如說我有點喜歡又沒那麼喜歡你

度數繼續加深
我們只能判別可以，不可以

這些，是必要的
搬離不愛了的人家裡
最小那顆乳牙遺忘在衣櫃裡
而我第一次戴上眼鏡
看清楚碎掉的玻璃
有入口的地方都被查封
就像青春出來了
便回不去，那些有光的地方
禁止通行

評語

　　題目看似揀取現成名詞，卻有弦外之音，耐人尋味。換牙、暫時不想回家、暫時不要談戀愛……這一系列的人生處境，有青澀的印記，但又是每個人都會有的經歷，因此讀來特別引人共鳴。（洪淑苓）

佳作　林儀

作者簡歷

　　1991年生，臺中人，醫學系，創立籠鳥詩社，目前覺得最慶幸的事是大學開始遇到詩，遇到一群溫暖的社員與朋友。曾獲教育部文藝創作獎、中興湖文學獎、全國醫學生文學獎、愛詩網詩獎、太平洋詩歌節首獎等。

得獎感言

　　好幾個月極其萎靡，不想忘記那些美好，那些氣味與話語，窗外很暖，在房間覺得自己早該在上個季節裡衰敗，卻又被迫繼續生活著，無處可逃，於是寫詩，然後反覆讀著想著，黑暗裡才不那麼畏懼自己的變形，那幾個月，詩是唯一沒有教我逃離，卻教我如何隨時回去那個房間，而不跌倒的東西，讓我得以清楚保留當時的自己，才有力氣繼續生活下去。

星球負荷不了的大象

持續聽聞著你
某天醒來，我的憂傷

終於長成一頭大象
許多灰階的記憶
譬如菸味爬行整個房間
膨脹而後衰變
只有那年夏天長存
你是風，我便滿佈皺摺等待
有人在我身上留下線索
通往某個輕盈的盡頭

某天醒來，也開始習慣
在眾人面前從容
表演如何登陸
多年前我們遺棄因而
逐漸縮小的行星
你的那首歌偷偷被我回收
作為開場讓一切
靈巧，愉悅，一如那些
掌聲的背面

平衡的祕密：逆著時針前行
克制膝蓋到鼻尖的距離
克制不安的晃動
傾斜以及時差
譬如連日大雨
面對一堵牆，手握鑰匙

不觸及所有插座
直到你離開的體溫
反鎖了門

評語

　　女詩人以行雲流水的語言節奏駕馭著輕愁，哀婉沖淡之境予人
以哀而不傷、怨而不怒之感，且因營造獨特意象的能力而使詩作多
見意趣，擺脫了單純為情緒之詩的輕淺。（趙四）

佳作　零露

作者簡歷

　　馬來西亞華人，1983年生於馬來半島南方的小新村。中文系人。
　　十八歲起因學業和工作的關係而流轉於不同的大城小鎮，現於繁華的魔都（上海）深造，即將回歸赤道。

得獎感言

　　我曾寫過一首詩，將寫詩過程比喻作兒時的跳房子遊戲。寫詩而得獎，也許就像遊戲中石子擊中某個格子而獲得「房子」，讓人雀躍。
　　〈以父之名〉是去年父親節寫給父親的，當時還有個題詞：「以父之名，一首短詩，兩個父輩，三代歷史」。能攜著父親的名字進入他陌生的詩歌領域而獲得肯定，對我們而言都別具意義吧！
　　願將這一切獻給我的父母。

備忘錄

在一個善於遺忘的國度
我們必須隨時做好備份

有了名姓還得有個稱謂外加榮譽
以備丟失自己時可掛號失物待領
還得有報生紙身份證護照等諸如此類的物證
以備被拒於天堂或地獄之門時可替代入場卷

有了詩得有歌
有了畫像的質感還要有影像的動感
有了日記的瑣碎仍不夠還需有傳記的漫長
哪怕生命無法備份，日子卻可複製

生活中原充滿各種備份的嗜好：
旅行為備份青春
儲蓄為備份辛勞
繪畫為備份欣賞
舞蹈為備份綻放
集郵為備份相識一場

有人用一生的思念備份早逝的童年
有人以一世的憤恨備份戰爭的凶殘
沒人考證自傳究竟可備份生平多少善
史書備份幾代人之惡需若干容量

當遺忘變得普遍而日常
備份工作也就愈加完善
便簽備忘錄和各式軟件

不時提醒你——
一切並非為了記取，
只為那輕易的忘記。

於是就有了墓志銘
這最牢靠的備份工具
那裏，壓縮著平生的數據

評語

　　因電腦的備份而發想，抒情性的長句可以承載許多意想之外
的驚奇，語句輕鬆，彷彿一生都可以這樣漫不經心，卻又隨時在
警惕自己備份、備份，最後的警語，極大的轉折，衝擊性極強。
（蕭蕭）

佳作　心雨

作者簡歷

　　原名朱佐芳，四川宜賓人，七〇後。中國詩歌學會會員、中國散文學會會員、四川省作協會員、高縣作協副主席。2014年《現代青年》十佳詩人。第九屆陽翰笙文藝獎獲得者。有詩作先後發表於《詩刊》《中國詩歌》《星星詩刊》《四川文學》《綠風詩刊》《詩江南》《青年作家》《現代青年》《西北軍事文學》等。有作品入選《中國詩歌2013年度詩選》《2014安徽文學年度詩選》等。著有合集《宜賓當代詩人群展》。個人詩集《時光的背影》即將出版。

得獎感言

　　首先，我謹代表大陸一位女性作者，向耕莘文教基金會和評委老師致以崇高的敬意，不僅因你們給予我這份殊榮，更因你們站在鼓勵和彰顯女性生命意識的立場，為女性詩人在文化境遇裏發聲呼籲，為華人女性詩歌發展所作出的積極努力。

　　在我看來，所謂詩歌，就是用神祕的語言進行靈魂救贖。所謂詩人，就是讓靈魂長出高潔的翅膀，在生命、感知和思想空間自由飛翔。

　　於我而言，詩歌是我與心靈最為有效的鏈結的方式，是唯一忠誠於自己最真實的部分。詩歌的形式構建了我另一種精神生活，是我理想符號和現實比喻的一部分，也是打開自我訴求和表達最直接

的部分。

　　我一直在想，因時光，情感和愛潛伏在文字裏的姐妹們，生活因擁有詩歌，內心變得更加充盈，靈魂變得更加乾淨；因詩歌的引領，因文學精神和文學氣質，人生更加別樣的精彩。

　　再次感謝與葉紅詩歌獎的美好相遇！

獨自憑欄

我承認。春風經過了春天
你經過了我。人近中年
生活只剩一本經
我們忘了喚醒身體裏的山水
一場久違的春雨，經歷兩個人的內心之前
我常常一個人坐在往昔的草尖上
和春光抒懷
在長江之頭，分段述志。用鳥鳴覆蓋凡塵俗日裏的肉身和春心
用一首詩歌做畢生的封面
內頁寫上慈母，賢妻，小女人
當時光一次次篡改面容
致敬終將遠去的青春。卷宗上再沒有異性介入
潺潺流水無法繞過你們其中一個
而春色裏的十萬朵花，照常捧出四月芳菲

一輪朝陽依舊捧紅大好河山
那時的我，已逃離人生的現場
或者我
扶著一枚禪杖跳出紅塵之外
看後生正在趕路。墓草一片春意盎然

評語

　　長短句它有動人的音樂節奏，可以視為詞與散文的融合、東西
審美的融合。當然，詩中體現出的豁達、超然也十分獨特，寫盡一
個女子經歷青春、中年、老年的心境，尤其通過跳脫出來的回望，
傳達出參悟人生的灑脫。（黃梵）

附錄

葉紅詩作選

藏明之歌

半醒若寐
一朵紅雲趺坐蒲團上
搖搖晃晃

一池蓮花欣然綻放
似交待了仙蹤的神話
欣欣然
牽動了萎落之歌

嘆息是胸口的風
送走滿懷清香
顏色是落日的彩裳
退還或贈予
沒有太大的不同
身子和著莖骨沉入
當初生發的泥中
黑不能再黑
暗不能更暗

熄滅的形
揮散了自己的影子
而形滅多好
蓮
在心中點燈

（1993）

絕響

絕響是一縷輕煙
眾人口裡的話
溢美之詞
絕響是另一個尚未響起之前的
最後一響

何以放棄清涼
選擇了這等淒苦？
使勁抱住自己
肉翼　頭也不回
將喘息交予遺忘
熱在體內瘋狂地聚集

頂住沸騰
筆直衝向唯一的
轟然

舒坦中
胸膛似百合
放聲傾吐深埋的願望
血　奔竄
凝成無數跳動的手指

而最後鮮紅的一彈
能否落在你心上？

如托住一切動念
為我
托住這永世的
絕響

（1993）

撒旦的臉孔

在地窖中摸索
幾近完美的臉孔
就快要捏塑完成
拋下黑暗的時刻終於盼到了

階梯頂端，倏地瀉下一道亮光
映現一張如微曦的面容
不十分真確
那雙令人悸動的眸
忍不住，我輕喚：「使者！」
神祕的，他低聲「是撒旦！？」

藏起美麗卻未完成的面具
又一次我向幽冥深處陷退

（1994）

誰的夢

夜　睏極了
眼　順勢合衣躺下
鼻　緊挨著，沒再吭一聲
耳　悄悄地關上店門
舌　早已放得不能再鬆了
都打烊了嗎
夢　該留給誰做

（1995）

憂鬱的舞步說

憂鬱的舞步說
流動的你穿越凝視
用一種阻隔開啟溫柔，腳尖上
昨天自殺過的今天
憂鬱的舞步說
害怕爬到可以害怕的頂點
只用思念呼吸你混著背影的香煙

把昨天放在眼前
憂鬱的舞步說
撐一把傘擋在最好與最壞之間
挪動過的
再也沒有看得清楚的懷念
憂鬱的舞步說
燈留下的黑鷹慢慢旋轉
等我的思念找到明天的溫柔
自殺在你不知荒涼的腳尖

紅蝴蝶

在鐘聲尚未響起之前
越過終南山
潛入幽深的谷底
讓意志全然匍匐
看紅蝴蝶起舞，展翅
抖動翼下的猥褻
曲線織成誘惑
網去了癡望的雙瞳

慾望脆弱如咽喉
經不起

柳絮　髮絲
那怕最輕地一扼

胸臆中垂死的紅蝴蝶
竟被喚醒
推倒一堵牆般　心肺賁張
砰然飛離，烙在我胸前底
是那永世慾望的
圖騰

沒有了眸
我　聽見細微的腳步
啊！無法提前的時刻，唯有
等
祂進入幾乎崩塌的房舍
小心翼翼用火
將我蒸餾
直到我如輕煙般混入
祂

當鐘聲響起時
祂叫我留下咽喉
為了紅蝴蝶

（1995）

凋零的睡眠

雨為了傘開的季節
從不遲到
駝鈴在泥濘中
寸步難行
網是我的希望魚的噩夢
不管燒光了什麼
大火總能逃得
無影無蹤
沙漠在這個世紀之前
曾是青翠的草原
每一條赤裸裸的憂傷
都將勇氣給了深沉的大海
腳和影子從未放棄移動
像一塊放進口裡的糖
不知道什麼叫做厭倦
我躺下之後
夢卻叛逆地站起身來
扔下不屑的一瞥
我是不值一顧的複製品
除了失戀絕無荒蕪的情面
一股從南方吹來的風說
只有骯髒的時候

才渴慕清潔

不堪收拾的明天知道

什麼叫做已是過眼雲煙

匆忙向前

以孤獨尋找寂寞的空間

用熱情給自己補一個凋零的睡眠

驕傲只用三個比喻

為自己立一個定點

生活簡化到沒有情節

全神貫注書本上

奇異的標點

抹去段落與段落間

無意義的跳躍

夢終於靠近踏實

冷冰冰地入　眠

（1996）

背影
——給愛兒

是你還沒長大的背影

喚著我的目光嗎

討厭自己，總愛
目送你的背影

可是，不知道為什麼
我隱約聽到
你的背影用微笑
哼著快樂的歌

討厭自己
微笑多年時候
為了你的
背影

（1997）

瀕臨崩潰的字眼感覺有風

漂亮的圓裙在椅子上低聲哼歌感覺有風
淺黃色的布鞋繞著鞋櫃持續張望門外
肥皂在同一間浴室裡忠實地變小變瘦
需要深刻碰觸的對號密碼說熱
火爐上水沸了迷迭香需要沖泡

窗臺下深綠色的植物按時澆了雨水
喝花茶多少歡愉放些糖和鈕釦用碟子
轉動後的喜悅轉動最重要的現在
粗糙地折磨粗糙地觸及靈魂有益於
雌雄同體還原局部繼續長大轉過身體
不經易地數著一遍一遍瀕臨崩潰的字眼
好複雜好多斑點在大圓裙上泛紫變大
在幽暗中繼續　繼續

（1997）

囚犯

剛剪下的一枝天堂鳥
被迫在玻璃瓶中　沈思
未經咀嚼便成了囚犯
是那理不清的三千髮絲
早已上癮的糾結

顏色強忍開始驟強的體溫
儘管還是　點綴
思緒卻只朝一個灰暗的方向　流　洩

（1998）

｜葉紅詩作評選

　　葉紅的詩，猶然洋溢著七〇年代之前臺灣詩壇的古典象徵神采，與當代社會保持著一定的距離，也與其同代詩人保持著一定的差異。這使她的詩作，在九〇年代彷如異數，「拖住這永世的／絕響」（〈絕響〉）；也因為如此，葉紅的詩，自有一種冷冷的孤芳，似乎是要以她的抒情抵抗後現代社會的斷裂、疏離與破碎。

——向陽

　　詩人，尤其是女詩人，對生命本身（非其外緣）付予那麼多的關注，對之省思、質疑，乃至鞭笞和徹悟的，並不多見。葉紅對至高精神的追求與超越顯然有著無比的動力和狂熱，不論是透過什麼，她的目標似乎都是「自由」。

——白靈

　　〈藏明之歌〉在感性抒情的呢喃細語中凝聚知性的光輝，這種對世界發言的勇氣，使得作者跨越神諭般的因襲模式，發明屬於自己的符碼和節奏：既控訴現狀，又用詩篇「取消」控訴，提供一種救贖。

——鄭慧如

　　葉紅仍然保有女性真實的一面，沒有參加化妝遊行他與現實的一切保持適當的距離，在如此頹唐的年代，她的出現很突出。

——向明

葉紅的確是夠「殘酷」的。當人們深迷於酣歌醉舞的時候他無情地剝奪了生活的繁富和豔麗，使之露出殘敝的本相從而將人置於顫慄不已的失落之中。

——黎山嶢

葉紅懂得「無聲勝有聲」的「留白」效果。

——白家華

〈誰的夢〉除了泠泠的機趣，還暗示很多「生命的究竟」的疑問。……我想它的魅力不在言語和意象，而在充盈的內在生命和具體的生活實感。

——瘂弦

就詩藝言，此詩〈相期〉美在樸而不華，對處理哲思、禪味的題材，運思靈活，不落窠臼。

——謝輝煌

葉紅無疑提供另一種書寫的取樣，典麗的辭藻，溫婉的情緻，似乎更能概括出女性幽微的心情。

——陳謙

乍讀葉紅的詩，頗為其中所鋪設的靜謐與美而感動。這本《廊下鋪著沈睡的夜》（1998年元月，河童出版社）許多篇章，從題目到內容，都給人這樣的感覺。

——洪淑苓

　　葉紅的詩作，大體在捕捉某些幽忽漂浮難以言述的情境上，的確付出了不少推敲重組的功夫。……而在《瀕臨崩潰的字眼感覺有風》新著中，作者對時間的敏感，較之前二書有更冷徹的回眸。

——張默

▌葉紅創作年表

1953　02月18日生於臺北。

1990　09月，加入耕莘青年寫作會。

1991　10月，參與組織耕莘實驗劇團，成立後任行政總監。

1992　05月，開始寫詩，此後作品陸續發表於臺灣各報及重要詩刊。

　　　06月，小說〈獵人〉獲耕莘文學獎小說佳作。

　　　09月，任耕莘青年寫作會執行祕書。

　　　12月，策劃將「旦兮」雜誌改型為雙月刊（全十六開），擔
　　　任編輯委員。

1993　02月，散文〈好久不見〉發表於自立晚報。

　　　06月，〈藏明之歌〉一詩獲耕莘文學獎詩首獎。

　　　11月，散文〈愛的容顏〉發表於自立晚報。

1994　03月，散文〈視覺的省思〉獲臺灣新生報「創作新人展」
　　　推薦。

　　　06月，散文〈湖邊散板〉獲耕莘文學獎散文佳作。

　　　09月，散文〈旋轉木馬的沉思〉參加梁實秋文學獎競賽，決
　　　選入圍。

1995　01月，任耕莘青年寫作會祕書長。「旦兮」雜誌主編。

　　　03月，〈哈〉、〈天真〉二詩參加聯合報副刊「青年創作
　　　展」。

　　　06月，詩集《藏明之歌》獲臺灣行政院獎助出版。

　　　08月，小說〈單身公寓裡的情人〉發表於自立早報副刊。

09月，散文〈故事裡的芒草風〉參加梁實秋文學獎競賽，決
　　　選入圍。

12月，小說〈陷阱〉發表於自由時報副刊。
　　　詩作入選《八十四年詩選》。

1996　元月，兼任耕莘文學劇坊總監，監製「詩的聲光」，並於4
　　　　月19、20、21日於耕莘小劇場演出3天。
　　　詩作入選《八十五年詩選》、《中華新詩選》、《小
　　　　詩瑰寶》、《當代愛情詩精選》等。
　　　榮獲耕莘青年寫作會八十五年度傑出會員獎。

1997　01月，任耕莘青年寫作副理事長。

04月，兼任河童出版社社長。與陳謙合編《卡片情詩選》。
　　　詩集《廊下鋪著沉睡的夜》獲臺灣行政院贊助出版。
　　　詩作〈指環〉、〈藏明之歌〉入選《九十年代臺灣詩
　　　　選》（沈奇主編）。
　　　詩集《紅蝴蝶》由大陸春風文藝出版社發行。

1999　07月，詩作選入《兩岸女性詩歌三十家》（詩藝文出版）。

2000　06月，在臺灣新聞報西子灣副刊開闢專欄，撰寫學者、作家
　　　　訪問稿。

08月，詩集《瀕臨崩潰的字眼感覺有風》出版。

12月，詩作選入《紅得發紫——臺灣現代女性詩選》（李元
　　　　貞主編，女書書店）。

2001　01月，編採集《慕容絮語》出版，以慕容華為筆名。

02月，與陳謙合編《書情詩選》出版（河童），乃《卡片情
　　　　詩選》的改版。
　　　移居上海。暑假回臺主持耕莘青年寫作班。

06月，詩作選入《九十年代詩選》（辛鬱主編，爾雅）。

2003　10月，詩作選入《中華現代文學大系II，1989~2003》（九歌出版）。

2004　6月18日卒於上海市。

編後記

陳謙

2015年，為紀念女詩人葉紅所舉辦之全球唯一女性詩獎，已然邁入第十屆。此活動透過葉紅家屬委託，由白靈老師擔任總策劃，耕莘文教基金會負責活動執行，經過十年來的努力，「葉紅女性詩獎」每年皆可收到七大洲五大洋，多達二十幾個國家或地區的女性踴躍來稿競逐，由此可一窺本獎項的實際影響力，及其對全球華文文學場域的重要性。葉紅詩獎不單單提升了詩美學更優越的鑑賞層次，更替全球女性發出細微卻儆醒之音聲，為女性主體與主題，建立更為明確的時代樣貌之形塑。

《葉紅女性詩獎精選集（2006~2015）》，因為是精選，在編選過程中上常令編者陷入兩難的取捨，最後，編者退到了讀者的位置觀看，希冀在閱讀過程中，找尋日常生活的感動，並不忘表達女性特有的生命歷程與意涵。

另外，本獎項決審委員精闢的評審意見，一直是方家與後學者多所關注的書寫形態，但本書編輯時仍以詩作收錄為主體，因此對評審的篇幅多所刪節，其實在本詩獎的專屬網頁上發表的評介已屬節錄過的文字，因此，這裡也只能在節錄中再行節錄，在此謹向評審委員及讀者致歉。

語言文學類　PG1595　耕莘文叢06

葉紅女性詩獎精選集（2006~2015）

主　　　編/陳謙、顏艾琳
責任編輯/盧羿珊
圖文排版/周妤靜
封面設計/陳明城、陳德翰
封面完稿/蔡瑋筠

發　行　人/宋政坤
法律顧問/毛國樑　律師
出版發行/財團法人耕莘文教基金會、秀威資訊科技股份有限公司
　　　　　114台北市內湖區瑞光路76巷65號1樓
　　　　　電話：+886-2-2796-3638　傳真：+886-2-2796-1377
　　　　　http://www.showwe.com.tw
劃撥帳號/19563868　戶名：秀威資訊科技股份有限公司
　　　　　讀者服務信箱：service@showwe.com.tw
展售門市/國家書店（松江門市）
　　　　　104台北市中山區松江路209號1樓
　　　　　電話：+886-2-2518-0207　傳真：+886-2-2518-0778
網路訂購/秀威網路書店：http://www.bodbooks.com.tw
　　　　　國家網路書店：http://www.govbooks.com.tw

2016年7月　BOD一版
定價：390元
版權所有　翻印必究
本書如有缺頁、破損或裝訂錯誤，請寄回更換

國家圖書館出版品預行編目

葉紅女性詩獎精選集(2006-2015) / 陳謙, 顏艾琳
主編. -- 一版. -- 臺北市：秀威資訊科技,
2016.07
　　面；　公分. -- (語言文學類；PG1595) (耕
莘文叢；6)
　BOD版
　ISBN 978-986-326-382-1(平裝)

831.86   105009257

讀者回函卡

感謝您購買本書，為提升服務品質，請填妥以下資料，將讀者回函卡直接寄回或傳真本公司，收到您的寶貴意見後，我們會收藏記錄及檢討，謝謝！
如您需要了解本公司最新出版書目、購書優惠或企劃活動，歡迎您上網查詢或下載相關資料：http:// www.showwe.com.tw

您購買的書名：_____

出生日期：_____年_____月_____日

學歷：□高中 (含) 以下　　□大專　　□研究所 (含) 以上

職業：□製造業　□金融業　□資訊業　□軍警　□傳播業　□自由業
　　　□服務業　□公務員　□教職　　□學生　□家管　　□其它_____

購書地點：□網路書店　□實體書店　□書展　□郵購　□贈閱　□其他

您從何得知本書的消息？

　□網路書店　□實體書店　□網路搜尋　□電子報　□書訊　□雜誌
　□傳播媒體　□親友推薦　□網站推薦　□部落格　□其他_____

您對本書的評價：(請填代號　1.非常滿意　2.滿意　3.尚可　4.再改進)

　封面設計____　版面編排____　內容____　文／譯筆____　價格____

讀完書後您覺得：

　□很有收穫　□有收穫　□收穫不多　□沒收穫

對我們的建議：_____

_____

_____

_____

11466
台北市內湖區瑞光路 76 巷 65 號 1 樓

秀威資訊科技股份有限公司　　　收

BOD 數位出版事業部

....

（請沿線對折寄回，謝謝！）

姓　　名：＿＿＿＿＿＿＿＿　年齡：＿＿＿＿　性別：□女　□男

郵遞區號：□□□□□

地　　址：＿＿＿＿＿＿＿＿＿＿＿＿＿＿＿＿＿＿＿＿＿

聯絡電話：(日)＿＿＿＿＿＿＿＿＿　(夜)＿＿＿＿＿＿＿＿＿

E-mail：＿＿＿＿＿＿＿＿＿＿＿＿＿＿＿＿＿＿＿＿＿